JN002727

現代台湾
文学選
1

次の夜明けに

下一個天亮

徐嘉澤（じょかたく）

三須祐介・訳

書肆侃侃房

次の夜明けに

THE DARK BACKWARD

This translation published by arrangement with Locus Publishing Company, Taipei
Through Tai-Tai Books, Tokyo

Sponsored by Ministry of Culture, Republic of China (Taiwan)

装幀　木庭貴信＋オクターヴ
カバー写真　李翰昇

かれの華奢な胸はふいごのようにふくらんで
心臓は高温によってとけてゆく
すきとおって、ながれゆき、からっぽのまま

——楊牧（ようぼく）「だれかが公理と正義の問題についてわたしにたずねる」

次の夜明けに＊もくじ

凡例

1）人名や地名のルビは読みやすさを考慮し原則として日本語としたが、文脈上の必要性に応じて台湾語音としたものもある。主要な登場人物については、設定年代を考慮した現地音（台湾語、日本語、標準中国語など）を採った。
2）1）以外のルビについては、台湾語音、標準中国語音、日本語音などを適宜使い分けた。日本語の意味をルビにしているものもある。
3）登場人物の会話の中に、差別語や不快語が入っている場合があるが、文学作品であることを考慮して原作のニュアンスをそのまま訳出するよう心がけた。
4）訳注は文中において［　］で示した。

次の夜明けに

家に戻ったあの日から、林呂春蘭（リンリュチュンラン）の夫は、まるで別人のようになってしまった。魂を失い抜け殻だけになってしまったようで、春蘭だけでなく多くの村人や近所の者、親類縁者がいくら言葉を投げかけても、彫像のように反応しなくなった事実は変えようがなかった。もはや誰ひとり夫の言葉のひとかけらすら聞き取る者はなく、すべての言葉は意味のない単音節になりはてたのである。うん！　あぁ！　うぉ！　えぃ！　ふだんの寝言ですら例外ではなく、夫は血を流さんばかりに歯を食いしばるが、声を出そうとはしなかった。みなは口々に夫は頭がいかれてしまった、霊に取りつかれたのだと言い、夫を連れて廟へ拝みに行くようにと言った。「いまは神社は壊され、廟のなかに神様はいない。神様は行き場をなくして、それであんなにも多くの人がいかれてしまったのだ」と言う人もいた。めいめいが知恵を出してくれたが、そんな人々の言うことには、春蘭の夫はもはや廃人と変わりなかった。村人の言葉がゆっくりと形をあらわしながらも、まだ既定の事実となってしまう前に、春蘭は子ども一人の手を引き、お腹にはもう一人身ごもりながら、さらに彫像になりつつある夫を積荷のように車に乗せ、一家で南へと引っ越していった。揺れるトラックの荷台に一切の家財道具を詰め込んでみると、それはまるで彼女のそれまでの人生そのもののようだった。

「こんな時代は……」と春蘭は思った。「家族そろって暮らしていければそれでじゅうぶんなのよ」

　春蘭は十四歳だったあの年のことをまだ覚えている。もとの暮らしが変わり始め、村にも変化が訪れた。人々が口にして空気中に漂うのは、「マス」や「デス」ばかり。言葉は形のない風のようにすばやく流れていき、その気の流れは春蘭の耳のなかも突き抜けていった。いまではそれらは自分の口をついて出てくるようになった。想像したほど難しくはなく、あっというまに、「マス」と「デス」は彼女の友だちになった。両親は「マス」と「デス」にはなかなかなじめなかったが、彼らと仲良くなろうと努力して、むりやりにでも毎日のさまざまな出来事を「マス」や「デス」と分かち合おうとしていた。まもなく、表彰のために人がやってきて、玄関口にメダルを掲げると、街の模範家庭となった。父や母の呼び名は「トウサン」「カアサン」となり、一家で囲む賑やかな食卓も、トウサンの「イタダキマス」の声のあとの静寂に代わって、一人ひとり口にかきこみながら食べるようすは、まるで時間を一緒に咀嚼しているようだった。

　時間は確かに少しずつ咀嚼されていった。彼女の名前も無残に噛み砕かれた。春蘭は「ハルコ」となり、他の同年代の少年少女は、「タロウチャン」や「シンチャン」あるいは「ナナコ」や「アイコ」に変わったのだ。春蘭にはまるで彼らが大きな味噌樽［味噌は中国語では「チャン」に近い音］の中に漬け込まれ、発酵していくように感じられた。彼や彼女、彼らや彼女たちは、うろたえるオスの小鹿やメスの小鹿の群れになって、路地に迷い込み、分かれ道は終着点のない場所へと誘いこんでいく。春蘭は自分はじつは眠っていて、夢から覚めるのを待っているのではと感じていた。けれども夢の中の彼女の背丈はどんどん伸びていき、歳も藤の蔓のように増えていくばかりだった。そして二十二歳になった年、味噌樽から這い出てきた男が彼女を娶り、彼女はやっと夢から覚めたのだった。時代がまだ過ぎ去らないうちに、彼女はまた新しい呼び名に変えられた。まるで爬虫類にとって脱皮が不可欠のプロセスであるかのように、彼女は「呂春蘭（ルツゥンラン）」を脱いで「宮本春蘭（みやもとしゅんらん）」になり、さらにもう一枚脱ぎ捨てて「小林（こばやし）春蘭」となったのである。

　彼女はこの名前が好きだった。小さくて神秘的な林のなかで、春の神の守護のもと、たくさんの蘭の花が生い茂っているように思えたのだ。春蘭は、名前にぴったりの美しい苗字や飾り気のない幸せな日常を与えてくれる男が好きだった。男は新聞社で懸命に働いた。不安定な時局が続いているなか、春蘭は最初の子どもを身ごもった。毎日の決まった掃除仕事は、時間をつぶすのには一番いいし、ラジオは頼りがいのあるペットのように、騒ぐこともなく、機嫌を損ねることもなく、一日一日と続く彼女の暮らしに寄り添ってくれた。この日、ラジオから流れてきたのは、馴染みのある『雨夜花（ウーヤーホイ）』の前奏だったので、あわせて口ずさもうとすると、聞こえてきたのは耳慣れない歌詞だった。「赤い襷に、誉れの軍夫。うれし僕等は、日本の男。君に捧げた、男の命。男で惜しかろ、御国の為に」［「雨夜花」のメロディを借りた軍歌「誉れの軍夫」］

　その晩男が帰宅するや、春蘭は新大陸を発見したかのように慌ててそのことを伝えた。すると男は馴染みの別のメロディを口ずさんだ。「軍夫の妻よ、日本の女。花と散るなら、泣きはせぬ。

おお、泣きはせぬ……」［「月夜愁」のメロディを借りた軍歌「軍夫の妻」］その後に続けて「亜細亜に狂ふ凩も、いつしか止みて仰ぐ陽に、五色の旗も照り映えて、青空高くひるがへる……」［「望春風」のメロディを借りた軍歌「大地は招く」］と別の歌も口ずさむ。

男は言った。「時局は悪くなるばかりだ。もう、そろそろだろう。いろんな噂が入ってくるしな……」春蘭には男の眼がうるんでいるように見えた。男は含みのある物言いで続けた。「戦局は楽観できないだろう。大がかりに徴兵をしているのもそのためだ。『月夜愁（グァッヤーシュー）』や『望春風（バンツゥンホン）』のような歌は徴兵用の日本語の歌詞に変えられてしまった。これらの歌でなくたって、新聞社が漢文面を廃止しても、上層部はまだ満足していないようだ。どうやら他の新聞社と合併するつもりらしい。管理がしやすいからな」

春蘭は男の話を聞いて、もしかしたらここ数年、自分たちは味噌樽から這い上がることなどできなかったのではないか、まるでこちらの樽からあちらの樽へと移りながら、正しい道はどこなのか探し続けているだけなのではないかと感じたのだった。「でもだいじょうぶよ……」春蘭は自分に言い聞かせた。これはただの長い夢に過ぎないんだから。しっかりと眼を閉じていればそれでいい。ただ夜が明けるのだけを、待っていればいいのだ。

その後の情勢は男が予想した通り、日本が撤退すると、別の連中がやってきた。男は引き続き新聞という味噌樽のなかに浸っていた。新聞社の社名が次々に挿（す）げ替えられているに過ぎないのだが、誰が社主になっても満足せず、合併や社名変更を繰り返すことによって、自分の権力を誇示して揺るぎないものにしているかのようだった。春蘭と男の生活は良くなることも悪くなることもなかったが、ただ、より注意深くなっていった。新聞社の給料で暮らしはやっていけたし、春蘭にも不安はなかった。カアサンがくれた嫁入りの持参金は彼らがより良い生活をするのにじゅうぶんだったが、男は何があっても生活のためにその金に手をつけようとはしなかった。当時、息子の平和（ピンホー）はすでに生まれていた。名前は政局の変化にしたがって「小林平和」から「林（リン）平和」に変わった。しかしほんとうの平和は遅々としてまだ訪れてはいなかったのである。

男は家に帰るとしょっちゅう機嫌を悪くしていたものだ。「なんであの連中が俺たちの二倍の給料をもらってやがるんだ。『國語』［中華民国の国語、つまり標準中国語を指す］が何だっていうんだ。コレハ『国語』［日本統治期の国語、つまり日本語を指す］ダ」

春蘭にはうまく答えることができず、彼女はいつも困ってしまう。何が正しくて何が間違いなのか、彼女にはすぐに判断することができなかった。時間が経って、ようやくわかって答えられるときにはもう、他の者にとってそれはどうでもいいことになってしまっている。けれども春蘭は少し整理しようとしてみた。背丈が机にやっと届くくらいまでは、台湾語が彼女の「国語」だった。その後、父親は彼女に言った。日本語を話せてはじめて、大和民族になるチャンスを得られるんだ、と。いま、また別の風が吹いている。男は恨みごとを言ってはいるが、日本と中国とに滞在経験があり、双方の言葉に困ることもない。彼女のいまの「国語」も男が教えたものだ。

春蘭はこれからまだどれだけの「国語」に向き合わねばならないとしてもかまうことはない。覚えるべき言葉は、時間が教えてくれると思ったから。

男は新聞社内で終わらない戦いを続けているようだった。男は何人かの台湾籍の者と日本語面を編集していた。新しく大陸からやってきた別の編集者たちは中国語面を担当していた。日本語面と中国語面、一方は日本が撤退した後、各地が悪夢に見舞われていることを伝えていたし、もう一方は解放された台湾に訪れた美しい夢を描いていた。互いに譲らない状況であったが、男の方が劣勢に立たされ徐々に負けがこんでいき、ついには戦場を失ってしまった。新聞社は日本語面を廃止し、男は舞台を失ってただの人となり、ペンに頼って戦い続けることはもはや不可能となった。春蘭は、男が新聞社で働いていける力があることはわかっていたが、男は自分の体内に赤い太陽を潜ませ、自らを燃やして深紅の闘鶏になっているようで、意味のない執着をあきらめようとはしなかった。

　嫁に行ったら夫に従えで、春蘭には自分の考えもなかったが、いずれにしても暮らしはなんとかやっていけた。

　男が彫像に変わり果てる数日前、延平北路（えんぺいほくろ）で闇たばこ取締りによる殺傷事件が起きたことが近所の噂で伝わった。男は矢も楯もたまらず皆と共に家を飛び出していった。春蘭は腕に子どもを抱え、男の後ろ姿が、駆けていく足元に立ち上る粉塵の中に消えていくのを見ていた。男の行き先は一つしかないことを彼女は知っていた。公理と正義こそが永遠に男の帰る場所であり、家ではないことを。春蘭は群衆について歩いたが、噂はとっくにそこかしこに伝わっていた。翌日には集まって抗議に行こうと、皆は口々にそう話していた。一部の連中はもう新聞社を取り囲んで、事実に基づいた報道を求めているようだった。人々は祭りの準備で銅鑼や太鼓を叩いているようだが、違うのは笑顔がないことだった。いまよりもよい生活が、この抗争を乗り切ればすぐにでもやってくる、そんなふうに思っているようだった。

抱いていた子どもが大声で泣きだし、春蘭も一緒に泣きたい気分だった。もしも男がいなくなったら自分と子どもはどうしたらいいのか。それしか考えられなかったのだ。子どもがお腹をすかしているかどうかにかまうことなく、まっすぐ新聞社の前まで走っていった。蟻の大群のような人波が、新聞社を餌食のようにしてぐるりと取り囲み、叫び声をあげている。「公平と正義を！事実に基づいた報道を！」

男とそれほど歳が変わらない感じの男性が、新聞社の前で困り果てたように両手を挙げ、なだめるようでもあり降参しているようでもある口ぶりで言った。「わたくしは新聞社の副編集長・呉金錬(こきんれん)です。みなさん、みなさん、我々が望んでいないわけではないのです。新しくやってきた『上層部』が望んでいない、ということなのです」

「あんたたち新聞社は以前にはあんなにも勇気をもって批判できたのに、どうしてみんなのために考えようとしてくれないんだ」

「あの連中は真実を隠したいと思っているんだよ。あんたたちまで、それから目をそらそうとして真実をなかったことにしようとするなら、この気持ちを俺たちはどうやって呑み込めばいいというんだ？」

「いま状況はいったいどうなってるんだ。はっきり言ってくれ」

みなが口々に何か言っていると、突然どこからか声が飛んできた。「こんな新聞社など残しておいてもしょうがない。放火しちまえばいいんだ」

「火を放て！　火を放て！　火を放て！」絶え間のない言葉がやがて新しい局面を形づくっていく。春蘭は、すべての人々が自らを炎にして、建物の中に飛び込み、一緒に焼き尽くされてしまおうとしているかのように感じた。新聞社の看板はすでに外され、もはや制御不能の状況だ。この押し合いのなかでドアの中から中年男が出てきて、響きわたる声で叫んだ。「みなさん、私が社長の李萬居（りばんきょ）です。みなさんの激憤はよくわかりました。我々はみなさんの側に必ず立ちますから、どうか落ち着いてください。明日の新聞記事にもしも不満があれば、また新聞社まできてこの李萬居を訪ねてください。みなさんご苦労さまです。どうか私の顔に免じて、いまは帰ってお休みください。我々にはまだまだたくさんの困難な戦いが待ち受けているんです」

階段の下にいる群衆はまるで戦いに勝ったかのようで、歓喜の声と拍手はその場の雰囲気を最高潮にまで盛り上げていった。群衆はわっと声をあげて散り散りになった。李萬居が新聞社の中に入っていくと、春蘭は、男が階段のほうまで歩いていって呉金錬と話しているのを目にして、大声で男の名前を叫んだが、徐々に引いていく群衆が彼女を遠くへと押し戻していった。呉金錬が男の肩をまるでほめたたえるかのように叩いて、一緒に新聞社の中に入っていくのを、春蘭は目にした。抱いていた子がさっきよりも大声で泣くので、顔を覗き込むと、お腹がすいているに違いないと思った。ここは前進ではなく、撤退あるのみだ。帰宅すると、子どもを胸に抱き、乳を飲ませながら、お腹のなかにもう一人できたことを男にどうやって伝えたらいいんだろう、どうすれば男の心を家に呼び戻すことができるのだろう。彼女はそんなことを考えていた。

外が暗くなり、傍らの子どもは眠りにつき、食卓の上の料理も冷めてしまったが、男はまだ帰らない。春蘭は男の帰りを待ちきれず、先に少し食べて、料理は食卓に残しておいた。外の世界がどんなに騒がしくなろうとも、夜が来たら、静かにしていないといけない。

夜明けを待たず、春蘭は子供の泣き声で起こされ、おむつを替えてやった。寝床の一方はやはりからっぽで、男は帰っていない。子どもがまた穏やかな眠りについたので、春蘭は寝床に戻ったが、なんども寝返りを打ってしまう。結局思い切って寝床を出て、食卓の上の残りご飯を朝食として食べ、箒と雑巾をとりだして一通り掃除をした。全部きれいにしたつもりでも、まだ汚いような気がするが、幸いちょうど夜も明けた。さもなければ春蘭も余った時間をどうやり過ごせばいいかわからない。布で子どもをくるんでおんぶすると、明るくなり始めた路上にはいつも通りに仕事にでかける人がいたが、春蘭は誰にも話しかけることなくまっすぐ道を急いだ。新聞社に到着する前、街ではもう今日の新聞を売り始めていた。春蘭が目をやると、警察が闇たばこ売りの女性を取り締まってけがをさせ、通行人を誤って殺し、それが犯人を突き止めることを要求する民衆の抗議を引き起こしたらしい。そしてこの日の新聞は意外にも中国語に日本語が混じっていた。

新聞社の前にたどり着くと、昨夜の灯はまだ消えず、夜も明けたというのに室内からぼんやりとした電灯の光が微かに漏れ出ていた。春蘭が呼び鈴を押すと、黒い姿の男が玄関の向こう側に立ち、冷ややかに尋ねた。「何の御用でしょうか？」

「夫を探しているんです」春蘭は男の名前を告げた。

相手はしばらくためらった後にこう言った。「その人は以前にもう職場から追い出されていますよ。ここではもう仕事はしていない。家に戻ってその方が帰るのを待ったほうがいいですよ！」

「どうかお願いします、私はまるまる一晩夫の帰りを待ったんです。中をぐるっと見させてください。見るだけでいいんです。お邪魔はしません」

「申し訳ございません。ここは新聞社なんです。人探しならよそに行ってください」

「昨日私はこの目で見たんです。夫が副編集長と一緒に社屋に入っていくところを。なのにあなたは中に夫はいないとおっしゃる」

「いいえ、ほんとうにいないんです。すみません。きょうはとても忙しいんです。ゆっくりお相手ができません。早くよそに行ってお探しください」言い終わると、人影は奥の方へとだんだん小さくなっていった。


　春蘭は新聞を買った。背中の子どもはまだ寝ているが、街の人々はみなすっかり目を覚ましており、何人かは走りながら抗議のデモに参加するんだと叫んでいた。ほとんどの人の手には新聞が握られていた。昨日の事件はストライキを引き起こし、すべての人は期せずしてみな同じ方向へと向かっていた。春蘭は、家々から飛び出してくる人々が、まるで穴から這い出てきた蟻のように、住処から出てきてはまた路地の中に消えていくのを見た。春蘭は階段に座って男が出てくるのを待つことにした。あるいは新聞社に人の出入りがあれば、一緒に中に入って、男を連れて帰るつもりでいた。

　何時間かが過ぎたころ、数名が慌てて新聞社にやってきて門を激しく叩いた。「早く早く、大事件だ……」

中の人間がまだ出てこない間に、外の人間は続けざまに叫ぶ。「公署［台湾省行政長官公署。日中戦争後、国民党政府が設立した行政機関。１９４７年に台湾省政府に改組］」の衛兵が掃射射撃を始めたんだ。大変なことになったぞ」

春蘭は急いで立ち上がり、機に乗じて新聞社の中に入り込もうとした。門が開いてその数名は中に走って入ったが、大柄の男が門をふさいで春蘭を追い出そうとする。口では申し訳なさそうに謝りながら、「すみません、いまは大変な時なんです。社全体が慌しくしているんですよ。どうかお願いですから、早く家に戻って帰りをお待ちください」。

「どうか、中に……」

大柄な男は春蘭が言い終わる前に扉を閉じ、扉越しに言った。「その方はほんとうにここにはいないんです。たとえほんとうにいたとしても、この非常時にあなたと一緒に帰るわけはないでしょう？　いま時局は混乱を極めています。お子さんを連れてはやくお帰りなさい。街に出てきたらいけません、さっきも聞いたでしょう？　銃弾は見境がないんですよ」

春蘭はそれを聞いてあきらめることにした。家には足が生えるわけでもなし、男が帰りたいときには帰ってくるだろう。ましてやお腹の子を外の寒気に当てておいていいわけがない。翌日もその翌日も、依然として男は姿を現さなかった。毎日男のためにとっておいた夕食は、ぜんぶ春蘭の朝食になった。春蘭が唯一できたのはラジオをつけることと、新聞を買ってくることだ。新聞とラジオ放送は、民衆が憤慨して「大陸の連中をやっつけろ」と言っているのを伝えていた。ここ数日、反政府の民衆はすでに街全体を沸騰したお湯のようにしてしまっていた。夕方、春蘭は、げっそりと痩せた身体を引きずって晩の食卓に戻ってきた男にようやく会えた。春蘭は訊きたいことが山ほどあったが、何から訊けばいいかわからない。すると男の方が先に口を開いた。

「俺は新聞社に戻って日本語面を手伝っていたんだ」

　春蘭が口を開く前に、男は続けて言った。「ここ数日、状況はますます激しくなるばかりだ。抗議からストライキまでな。それに『大陸の連中をやっつけろ』『外省人〔一九四五年の終戦後に台湾に渡った大陸出身者〕の野郎をやっちまえ』そんなことを煽る者も出てきて、陳儀（ちんぎ）が戒厳令を敷いたんで、もう混乱の極みといったところだよ」

「私たちやっぱりここを離れましょう。まだカアサンがくれた持参金が残ってる。なんとかやっていくにはじゅうぶんだから」

「ここを離れてどこへ行くんだ？　日本か、それとも中国か？　どこに行ったって戦争だぞ。どこに行ったたって同じだ」

「じゃあどこかでひっそりと暮らしましょうよ。世の中がどんなにひどくなったとしても、ほとんどの人間はそれでもやっぱり暮らしていかなきゃならないんだから！」

「もういい。しばらくしたら荷物をもって急いで新聞社に戻る。二日に一度は必ず帰ってくるから。帰ってこなかったら、その時は平和のことはおまえに頼んだぞ」

　春蘭にはそれ以上言っても無駄なことはわかっていた。食事が終わると、男は荷物をまとめた。春蘭はようやく口を開く。「お腹にもう一人いるのよ」

　男は呆然として動きを止めた。そして春蘭を抱いて言った。「すばらしいじゃないか」

　春蘭は、お腹の子が男の気持ちを変えてくれることを心の底から願ったが、男は続けて言った。

「この子が生まれたら起義（チーイー）と名づけよう。公理と正義こそがこの社会でいまいちばんたいせつなんだからな」

春蘭には、男は自分が帰ってこられないことを心配して、先に名前を決めたんだとわかっていた。この名前は男からこの子への贈り物なのだ。最初で、そしておそらくは最後の。

男は心を鬼にして家を出ていった。時間はあいかわらずせわしなく前へ前へと進み、毎日が一日一日と過ぎていった。男が帰ってくるたびに春蘭が聞く話は、新聞で読めるものよりもずっと多かった。例えば高雄の塩埕（えんてい）一帯では三、四千人もが集まって警察を取り囲んで襲撃し、さらには高雄中学が武装抗争の本部になったという。南北を貫く同じような行動が、台湾の初春をまるで真っ盛りの夏の暑さのように焼け焦がした。男はいつも簡単に身体を洗うとせわしなく出て行ったので、二人が食卓で一食だけでもしっかり食べることができればそれで幸せだった。春蘭はいつも食事の後食器を翌日の午後までそのままにしておいた。そんなふうにしていれば、うわべの幸福は少しでも長く続いてくれるような気がしたからだ。

数日後、男は帰ってくるとまた出て行った。いつもと違ったのは、すぐにまた家に戻ってきたことだ。男はせわしなく家に戻ると、すぐに座り込んでしまった。それが男が彫像に変わり始めた最初だった。春蘭が男を呼んでも、反応はない。診察してもらったが、誰にも成すすべはなかった。何が起こったのか誰にもわからず、隣近所はみなどうしたことかと見にやってきたが、たとえ春蘭が泣き叫んでも、男は呆けたようにうつろなまま反応もしないのだ。

後に聞いたところによると、その日、黒塗りの車が新聞社にやってきて呉金錬を強制連行していったという。その後、統括責任者の阮朝日（げんちょうじつ）も病床から引きずりおろされ連行されていったという。男がそれでも平穏無事にいられるのは、なにかの恩恵なのだろうと春蘭は思った。ただ男はもう喋らなくなり、動くこともなく家にいるだけだったので、生活に関わる大小のことはすべて春蘭が一手に背負わねばならなかった。食事や排泄など基本的なこともできず、し尿は下着にすべて漏らしてしまう。春蘭にはもう一人子どもが増えたようだった。みなは春蘭の主人がおかしくなってしまったと言い、野次馬の数も増えた。春蘭は家財を売って、家の荷物をまとめて車を雇い、南へ越そうと考えた。ひどく混乱したご時世ということもあり、最初は誰も請け負ってくれる人はいなかった。春蘭は二倍の金を払ってやっと車を雇い、尋ね歩いて高雄の湊町（みなとちょう）にいる男の姉を頼った。姉はすぐさま春蘭一家を寿町（ことぶきちょう）で生活できるように手配してくれた。

　春蘭はいくらかの田畑を買って作男を雇い、自らは家で平和と男の世話をした。日一日と過ぎていくのに連れ、お腹は大きくなり、数か月後には起義が家族に加わった。男は相変わらず、良くも悪くもならなかった。たまに北部から訪ねてくるおばも見ていられず再婚を勧めたが、春蘭はただ淡々と首を横に振るだけだった。時間は春蘭の想像以上に早く過ぎていった。最初は腰ほどの高さだったクスノキもいまや屋根を越えて、木陰を作ってくれるようになった。赤ん坊だった息子たちは、歩き回ったり飛び回ったりできるようにまでなった。男も身体を動かしたいと思うようになり、息子たちと一緒に成長し、もはや下の世話の必要もなくなった。ただ男はやはり一日じゅう庭先に腰掛けていて、まるで座ったまま年老いていくかのようだった。春蘭は男に寄り添って一緒に歳を重ねたが、彼らの居住地は逆にますます若返っていく。木造の家は次々とコンクリートに変わって新しい姿となり、まるでこの土地がすべての人々の青春を吸い取って変化していくようだ。

数年後、起義は家を離れてもうだいぶ経ち、平和も外で忙しくすることが多くなった。春蘭の親戚もほとんどが亡くなった。政府が戒厳令の解除を布告すると、男はまるで長年漬け込まれた時間の味噌樽から這い出てきたかのように、しょっちゅう机にかじりついて灯をつけ一生懸命ものを書くようになった。春蘭が見ようとすると、男は気がふれたように叫んだ。春蘭があきらめるまでずっと。

春蘭は、男が寝ている間に原稿を探そうともしたが、どうしても見つからない。春蘭は電話で平和に伝えた。「お父さんが書き物を始めたよ」

「まさか？　書くって何を書いてるんだよ？」

「知らない。あの日のニュースを見た後、すぐに家じゅうを探してね。日めくりを全部破っていいかげんになにかを書いているの。わたしが近づいたら、隠したり大声をあげたりでね」

「仕事がひと段落したら、一度家に帰るよ」

「いいわよ、あんたはあんたの仕事をしてればそれでいいの。面倒なことに巻き込まれないようにしてね。弟の起義みたいに無鉄砲に行動するなんていうのはダメよ」

「母さん！」電話の向こうで平和が、春蘭がこの話題を続けるのを制止した。

春蘭は受話器を置くと、男がちいさく、まるでボールのように丸まって、手を震わせながら何かを書いているのを見つめた。その後春蘭が買ってきた新しい日めくりもテーブルに置いて、男が破って書き物に使うのに任せたのだった。最初の何年かは男は熱心に書いていた。まるで時間をさかのぼるかのように、日めくりを一冊一冊使い切っていった。後の数年は、男は時間に追いついたように、焦って書くことはなくなり、机の前に座り、眠っているというよりは深い思考のなかにいるかのようだった。室内の光が男の背中にあたり、埃が漂っているのが見える。春蘭はこれらのすべてを眺めていると、心が落ち着いてくるのだった。この平凡な暮らしこそが望んだものだったのだ。埃は舞っても、遅かれ早かれ落ち着くところに落ち着くものだ。彼女の名前が祖国復帰後に「林呂春蘭」に戻ったことは、「小林」の時代が終わり、美しい幻想はいつかは破れ、人も成長しなければならないことを予告していたようだった。

あのころ、人は自分の名前すら思い通りにはできなかった。ましてや生活はなおさらである。いま、テレビニュースでは戒厳令解除後、多くの老兵の大陸への親族訪問ブームを伝え、世間では二二八事件「一九四七年二月二十七日、闇たばこ売りの台湾人女性が取締官から暴力を振るわれ、抗議した者が威嚇射撃で死亡した。翌日のデモで多数の死者がでて、抗議活動は全国に波及、最終的に国民党政府によって大規模に鎮圧されたが、真相が明らかになるには九〇年以降の民主化を待たねばならなかった」の名誉回復運動が始まろうとしていた。春蘭はここまで来て、ようやく長い夢が終わったのだと感じた。彼女は思った。もしかすると男もまた、夢の出口に向かって一歩一歩進んでいるのかもしれない。その道のりはゆっくりとしたものだが、彼女は待つし、待つことができる。男がもう一度彼女と出会うまで待つことができる。その時二人はいっしょに過去の美しい時間をたっぷりとおさらいすることができるのだ。

何年も経って、男は世を去った。春蘭にはついにその日が訪れることはなかった。葬儀には多くの人が弔いに訪れた。起義は葬儀場の外で挨拶していたが、平和は葬儀場の中に立っていた。

まるで男が家から離れたことなんてなかったかのように。

　葬儀が終わって、家からは男がいなくなったが、白黒写真というお伴が増えた。次は自分が壁に貼られた男に寄り添って末永く一緒にいられるようになるんだろう、そう春蘭は思った。そこまで考えると、彼女は古い箱の中の若いころの写真を探した。いまの姿で男に会いに行きたくはなかったからだ。年老いた自分を男がわからないと不安なので、若いころの写真をわざわざ選んだのだった。

　春蘭はほんとうに眠くなってしまった。彼女の時間はまだまだ長い。部屋がちらかっても明日掃除すればいい。明日の後にもまだ明日はある。いずれにしても男はもういないし、子どもたちも外で頑張っている。独りでゆっくりと時間つぶしができる。すべては眠りから覚めた後に残しておけばよい。

　ラジオはついたまま、忠実なペットのように彼女に懐いていた。待つべきなのは、夜明けだけだった。

フォルモサ

われらのゆりかごフォルモサ、それは母親の温かな抱擁
誇りある祖先たちは見つめている、われらの歩みを
かれらはくり返し念を押す、忘れるな、忘れてはならないと
かれらはくり返し念を押す、労苦と勤勉さによって、この山林を切り開いたことを

起義（チーイー）はこの歌〔「美麗島」台湾民主化運動を象徴する歌曲〕を口ずさんでいると確かに、忘れたいと思っている多くの出来事をどうしても繰り返し思い出してしまう。母親の言葉は耳に残っているが、それでも彼はこの体制を座して見ていることはできず、永遠に民衆の側に立つことを選んだのだ。おばが昔、見た目は母親似だけど、なかみは父親譲りね、と言ったことを思い出した。いつも他人の問題を自分のこととして引き受け、勇往邁進し、目的を達成するまで決して手を緩めない。たとえおばがそんなふうに言っても、起義にはやはり自分と父親が似ているなんてとても思えなかった。彼には父親はいたが、いないも同然だった。彼の父親はなにもせず、ただひねもす庭先でぼうっとしてい

るだけだったのだ。朝から晩まで、眠っているのか起きているのかさえ誰にもわからない。母親はあまり父のことを話さなかったので、彼も父のことはよく知らなかった。父の世界には父しか存在しないのだ。

　いつも起義は自分には半分の母親しかいないと思ったものだ。残りの半分はすべて父の世話にとられて、兄と自分にはじゅうぶんに手をかけることができなかったからだ。そんなふうだったので、逆におばとの関係の方が親密だった。ひまさえあれば、彼は鼓山（こざん）から塩埕（えんてい）まで行って小商いをしていたおばのもとへ通ったものだ。おばも時間があれば、十歳そこそこの彼を新しくできた大新（だいしん）デパートへと連れていってくれた。おばには子どもがいなかったので、起義を自分の子のように可愛がった。起義がとくべつおばにべったりだったこともあって、兄とおばの関係はそこまでよくはなかった。

　彼は小さいころからほがらかな外向的な性格で、大勢のなかでうまく立ち回るのが得意だった。兄が一人で机にかじりついているのが好きなのとは違っていた。母と父と兄。これで家庭が一つできあがる。彼はよそ者であり、余計な、見栄えのしない人間だった。中学に上がると、ケンカや騒ぎはお手のもので、その家庭という縄張りのなかにいる母親の注意を引こうとすればするほど、逆に母との距離がますます遠ざかっていった。母は結局、おばに世話を頼むことにして、彼は首尾よく塩埕に引っ越していき、あの生きるしかばねのいる家から離れることができたのだった。

　おばは大溝頂（だいこうちょう）で舶来品を売っていた。小さいものはお菓子の類から、大きなものは庭に飾る彫刻のようなものまでなんでも売っていた。なかなかすばらしい品揃えで、小さな展示室のような趣きだった。だが、一番よく売れたのはタバコと酒だ。そんな商売だったので、おばはタバコも自然と肌身離さず持ち歩いていた。タバコを咥えたおばはとびきり美しかった。タバコの煙が、おばの退廃的で厭世感漂うけばけばしい美しさを引き立てていたのかもしれない。おばは台北の夫の元から逃げるように高雄にやってきたらしく、それから実家とは絶縁し、起義の家族としか連絡をとらなくなっていた。

おばが彼を世話していたというよりは、多くの場合、彼の方がおばの世話をしていたと言える。シャッターを降ろすと、おばは念入りに化粧をして「銀座」に向かった。起義もおばと一緒に何度か行ったことがあるが、彼がおばの私生児だと思い込んでいる人もいて、おばが違うと言えば言うほど、その人たちは余計にそうだと信じたものだ。彼が鏡のそばを通るたびに、わざとちらっと覗き込むと、たしかに自分とおばは少し似ている。そこで彼もはばかることなく自分はおばの実の息子だと思うようになった。飲み屋にはタバコの煙が広がり、たくさんのケダモノも出没する。でもおばは怖がることもなく彼らのおしゃべりやお酒に付き合った。一杯また一杯と酒を飲むうちに、おばと金髪のケダモノたちの距離は縮まっていく。おばが早く寝なさいというたびに、起義は、おばは今夜は帰ってこないか、ケダモノが家にくるかのどちらかだろうとすぐにわかった。

「じょん」や「じょー」、「とむ」や「まあく」という名の、お定まりのケダモノが一定期間家に入りびたるようなこともあった。はじめのうちは彼らの話す言葉が起義にはまったく理解できなかったが、しばらく経つと、「ちょこりー」と言えば甘く香る黒くて四角いお菓子に変わるし、「まにー」と言えばお小遣いをもらえることを学んだ。類は友を呼ぶとはよく言ったものだが、どうりで飲み屋の多くの女性は「嫚妮（マニー）」と名乗るわけだ。誰だってお金とは仲良くなりたいということである。

彼の子供時代はこの飲み屋街と商店街とともに賑わいにつつまれたのだった。毎日がまるでずっと夜がやってこないかのように、朝から晩まで放蕩の限りを尽くしたので、学校の成績はいつも悪かった。それで卒業することなく仕事を始めることにしたのだ。彼がおばの店で客の応対をしていると、たまに制服に鞄を背負った人を見かけることもあった。すると兄のことを思い出すのだった。おばの家に越してくるまでは、いつも鼓山から一人で塩埕にやってきていたが、おばの家に身を寄せた後は、あきらかに近いのにかたくなに家には帰ろうとせず、代わって母親がなんとか暇を見つけては彼を訪ねてきた。このときはじめて、彼はようやく自分は父親よりもだいじな存在なんだと感じることができたのだった。母が忙しい時は、兄が母親から頼まれたものを持ってきてくれた。兄は彼とは真逆で、ひどい口下手だ。来ても、元気か、といったごく簡単なやりとりをするだけだった。

「元気だよ」十三、四歳の彼はこんなふうに答える。

「それならいい」十四、五歳の兄はこんなふうに応じたあと、おばに挨拶して家に帰っていった。

おばが付き合った男の数だけ、彼には「あんくる」ができた。ただ「あんくる」たちの前ではおばのことを「ねえさん」と呼ぶように言われていた。「あんくる」や飲み屋の「ねえさん」たちから彼はたくさんのことを教わった。タバコの火のつけ方や、カクテルの作り方、冗談の言い方や、それに「ケダモノの言葉」も。「ちょこりー」や「まにー」と言えばそれと交換してくれるんだから、この言葉には魔力が備わってるんだろうと起義は思った。勉強すればするほど、得るものも多くなる。二年が経つと、一生おばに頼って生きていくことはできないとわかったし、おばもそんな風に彼に言った。そして彼のために眼鏡屋の仕事口を世話してやった。仕事場はモダンだし、給料も悪くない。

眼鏡を作りに来る客はみんな金持ちだった。師匠が視力検査とレンズ選びを担当し、彼は店の掃除とお茶くみを任された。師匠は飲み屋の馴染み客で、おばとは懇意だったので、おばの頼みならと二つ返事で承諾したのだ。

あのころ、塩埕には外国船の船員がたくさんいて、彼らからうまい汁を吸いたいと考え、さまざまな店が自然と増えていった。起義は多くの「ケダモノ語」を習得し、それを駆使して思うがままに新たな客を獲得していった。起義のおかげで店の商売はますます繁盛したので、師匠は起義を身内のように扱い、専門的な技術を教えてくれるようになった。日が経つうちに、起義にも貯えができたが、でも何かが足りないと感じていた。彼はいつも不安定でそして満たされてはいなかった。この成功のすべてはすでに過去のものとなってしまったかのように。起義はそれまで暮らしに困るようなことはなかったが、ずっと空中を漂っているように感じていた。何度かの恋愛の経験でも、何をしていても、いつも大地を踏みしめているような実感がなかった。そうこうしているうちに、彼は二十歳になった。

塩埕のあたりでは、歓楽街だけでなく他の情報もよく出回っていた。街の大小さまざまな噂ならおそらくなんでもここで耳にすることができた。そして、起義の興味をそそるもので、戒厳令下に果敢に挑む雑誌や新聞を超えるものはなかった。彼らの主張や意見については知りぬいていて、すらすら口にすることができるほどだ。母は生ける屍の父のことはほとんど話さなかったが、おばからは多くのことを聞いていた。父は若いころ『台湾新生報』で記者をしていて、後に二二八事件が起きると、九死に一生を得たが病気になり、そして頭がいかれてしまったという。おばはつぶやくように起義に言った。「さすがはタロウのせがれだけのことはあるね」けれどもこの仕事はしないほうがいいと心配そうに彼に言った。あれはいずれ行き詰ってしまう袋小路さ。命を懸けて危険を犯すようなもんだ。掛け金が大きすぎるんだよ。やめといたほうがいい。

港の人々はみな時代の先端を行こうとしているのに、おばがなにを恐れているのか、起義には見当もつかなかった。中学の時に、『公論報』の李萬居は「報道の自立、国民党の買収には乗らない」ことを堅持し、加えて勇敢な言論を行なったせいで政府の厳しい監視を受けることになったと聞いた。それだけにとどまらず李萬居は銃弾入りの脅迫状を少なからず受け取っていたという。強烈な警告のサインだ。いちばんひどいのは、李萬居が車で蘆州にさしかかったとき、交通事故に見せかけて大きなトラックの挟み撃ちに遭ったり、家に放火されたことだろう。他にも、雑誌『自由中国』の創刊者雷震は、野党を組織しようと計画し「中共スパイ隠匿罪」で実刑判決を受け、これによって『自由中国』は休刊に追い込まれた。これらの出来事はすべて、起義の情熱をかきたてるものだった。新聞社か雑誌社の記者や編集の仕事はないか、機会があればその可能性を探っていた。

　起義が新聞社で働きたいことはみな知っていたが、それを諫めない者はいなかった。母親の春蘭（チュンラン）も風の噂でこれを知ると、塩埕の彼の職場である眼鏡屋までわざわざ出向いたほどだ。手には煮込んだ鶏のスープをたずさえていたが、何も言おうとはしなかった。店じゅうに春蘭が持ってきた鶏と椎茸のスープの香りだけが充満していく。主人は思わずつばを飲み込んで、起義に休憩を与え母親と外で話せるようにしてやった。二人が騎楼（きろう）〔二階から上の部分が突き出て、その下が雨を避ける歩道になっている建物〕のところに腰掛けると、熱いうちに飲むのよ、と春蘭は促す。彼はそこではじめて母親が前よりもだいぶ太ったことに気づいた。でも元気はなくなっているようだ。

「起義や、最近は元気にしてるの？」春蘭は訊いた。

　彼はうなずくだけだ。

「ちゃんとご飯は食べてるの？　こんなに痩せちゃって」

「食べてるさ！　母さん。心配しないでよ」

「人づてに聞いたんだけど……」春蘭は単刀直入にたずねる。「新聞社で働きたいの？」

　彼は黙ったままうなずいた。

「あの仕事はねえ、入ったらもう引き返せないんだよ。あんたはどうしてこうもあきらめがつかないのかねえ」

「母さん！　みんながそんなふうに考えていたら、この社会はどうやって進歩していくっていうんだ。悪い奴らがますますのさばるようになるだけじゃないか」

「あんたは小さいころから勉強が嫌いだった。でもなぜだか『七侠五義』や『水滸伝』『施公伝』なんかは毎日のようにかじりついて読んでいたね。考えてみると、あんたはこの点が一番お父さんに似ているかもね」

起義は黙っていた。父親についてはよく知らないし、近づきたいとも思わない。あの家を飛び出して、自分はやっと悪夢から抜け出すことができたと感じたものだ。学校にいた頃みたいに、頭のおかしい父親がいると揶揄（からか）われることはもうないんだと。

春蘭はおかまいなしに話し続ける。「日本統治時代、お父さんは新聞社で編集の仕事をしていたの。日本に留学にも行ったし、大陸に行って家の商売の手伝いをしたこともある。台湾に帰って、まず漢文面を担当したのね。始めて間もなくすると、日本の政府は漢文面の廃止を通達したの。皇民化を徹底的に推し進めようとしたのよ」

これは起義がはじめて母親から聞く父の物語だった。

「雇われの身だからしかたない。あの時代はなおさら、上の人が何を言っても反対することなんてできるわけがなかった。お父さんは日本や中国にいたことがあるから、漢文面がなくなっても、日本語面を担当してしばらくは仕事ができたんだ。その後国民党が台湾を接収すると、もともと日本語面と中国語面の両方があった新聞が、国民政府の要求で日本語面を作れなくなってね。お父さんは大陸からやってきた中国語面担当者とはうまくいかなくて、結局仕事を辞めて家に戻ったのよ」

「母さん、話を聞いてると、父さんは昔はまともだったってことだね。じゃあなんでいまはあんなふうに変わり果ててしまったんだろう？」

「その時、二二八事件が起きたんだ。たくさんの人が新聞社を取り囲んで公平な報道を要求した。新聞社が打ち壊されるような勢いだったけど、偉い人が出てきてしっかり報道するからと言うと、みんなはようやくそこから離れていった。すぐにお父さんは新聞社に戻り、日本語面を担当したんだ。だってあの頃はみんな中国語が読めないからね。それでお父さんは日本語の原稿を書いたり編集の仕事をしたりもしたのよ。その後二二八によって始まった紛争がますますひどくなって、あちこちで抗議活動も起こった。たくさんの人が殺されたんだ。お父さんがおかしくなってしまったあの日に、警備総部〔台湾省警備総司令部。戒厳令下の弾圧の主体となった〕が新聞社の副編集長と社長を連行したの。ほかにもたくさんの社員が連れていかれたのよ」

「じゃあ父さんも連行されたの？」

春蘭は首を横に振って言った。「お父さんはとっくに新聞社を辞めたことになっていて、担当していた原稿仕事なんかは別室で一人でやらされていたの。あの日、新聞社に行ってすぐ、たぶんその様子を目にして、びっくりしておかしくなってしまったのよ」

「びっくりしておかしくなった？」

「お父さんが書いていた記事の人たちが、こんどはお父さんたちを逆に標的にしたのよ。お父さんはもちろんそれがどういうことかわかっていた。次に死ぬのはたぶん自分じしんだとね」春蘭はひとことひとこと噛みしめるように言った。

「誰も父さんのことを問い詰めなかったの？」起義は訊ねる。

「お父さんはあの日を境におかしくなっちゃったの。誰かに会えばへらへらと笑い、下の世話も自分ではできない。一人で泣いていたこともあったし、魂が抜けたように呆然としてしまったんだ。あの時、次々と家には人がやってきて、知らない人も近くまで覗きに来たけど、お父さんは元には戻らなかった。起義や、いまはよくない時期だよ、新聞社っていうのはデリケートな仕事だ。馬鹿なことは考えちゃダメだよ」

起義はこの時、父親に少し近づけたような気がした。これが血縁というものなんだろう。彼の肉体には父と同じ公平と正義を求める血が流れている。「一つだけ違うとすれば……」起義は思った。「俺は父さんほど臆病じゃないってことかな」

春蘭がどんなふうに言っても、起義の決心はゆるがない。起義も父の太郎と同じで、何かを変えることができると思い込むが、自分じしんを変えただけで、時代や民衆を変えることはできず、結局は自分の家族が一番のしわ寄せをこうむるのだ。そんなふうになってしまうのではと春蘭はどうしても心配してしまうのである。春蘭は苦しんでいたからこそ、こうやってわざわざ起義を諫めにきたのだ。春蘭にしてみれば、どんなに混乱した世の中でも、生きていられさえすればそれが幸福なことだった。けれど起義には自分の考えがあることを彼女は知っていた。小さいころから体制側にぶつかってばかりいたし、決まりにしても、起義はほとんど守らず、破ってばかりだった。でも決まりを破ることには理にかなった抗議が含まれていたのだ。

春蘭は起義のしつけには自信がなかったが、自分じしんは決まりを守る、きちんとした人間だ。平和の性格は彼女と同じだったけれど、起義はいつだってその決まりを破ろうとしていた。太郎の姉の桜は、気ままな人だったが、起義が言うことを聞くのは桜だけだったので、春蘭は桜に相談して起義を預けることにした。自分には面倒をみなければならない痴呆の夫がいたし、頭でっかちの息子を世話する余力はなかったのである。

春蘭には起義の性格がわかっていたので、最後にこれだけを言った。「どんなことがあっても自分をだいじにね。時間があったらお父さんに会いにきてやってちょうだい」

起義は最後に少し残ったスープに、自分の顔が映っているのを見て、なんだかそこに父親がいるように感じた。

「そうだ、何日か前のニュースで『台湾新生報』の副編集長の単建周（ぜんけんしゅう）が飛び降り自殺したと言ってたわ」

起義は二の句が接げなかった。親子の話はここで打ち切りとなった。

同じ年、『台湾新生報』の女性記者・沈嫄璋（しんげんしょう）と編集者で夫の姚勇（ようゆう）が中共スパイ罪の共犯として揃って牢獄に繋がれた。妻は裁きを恐れて自殺したと報じられ、夫の方は十五年の実刑判決を受けた。翌年、起義は二十一歳となり、夢にまで見た台北の新聞社の仕事に首尾よく就くことができた。彼はかつて父親が働いていた新聞社のなかに身を置いていると、人影が揺れ動くたびにいつも、彼に背を向けた男が父親ではないかという錯覚に陥った。もしかするとここで彼は父親と和解できたのかもしれず、かつては持てなかった父と子の時間をもう一度やり直せるのかもしれなかった。けれどもすべては幻で、過去が戻ってくるわけではない。彼と父親には同じ屋根の下の赤の他人同士という関係が運命づけられていたのである。

起義の仕事は社会面のニュースだった。みな政治問題に触れて災いを招くことを恐れて、安全地帯に専念していた。母親の話は彼にも間接的に影響したのか、起義は自分の仕事の領分をわきまえて、会社では無難に仕事をこなし世の中のことには背を向けていた。凡人に変わってしまったと自分でもよく理解していた。とりわけ結婚して子どもが生まれてからは、大きな変化をより恐れるようになり、この時ようやく父親の当時の思いを理解したのだった。家庭を持つと、自分が縄に縛られているようで、自分の自由には限界ができ、行動もまじめになり、遠い国の体制の不条理さを批判するばかりで、はむかうことなどできるはずもなかった。

起義は思った。父は臆病だったわけではない。むしろ家族を愛していたんだ。だからこそ自分の命はどうなってもいいけれども、妻を泣かせたり、子どもを父なし子にするなんてことはできなかったのだ。むしろ笑われてもいいから逃げ帰ったのだ。父親はまともではなくなってしまったとしても、少なくとも生きていれば母は少しでも喜びや希望を抱くことができる。彼が父のことを多少なりとも理解することができるようになったのは、新聞社にいることで父に近づけたからではなく、彼じしんが父親になったからだった。

おばはここ数年あいかわらず「あんくる」たちの間を行き来して、自分の青春を使い果たしていた。あの輸入品の店はまだあって、ただ店には時間という埃が積もり、おばもすっかり哀愁に覆われてしまった。おばが若いころから熱望していたのは、だれでもいいから「あんくる」の一人とアメリカに行って生活することだった。「あんくる」たちは口では承諾していたが、彼らは本質的にはケダモノで、話す言葉は永遠に信じることができないようなケダモノ語なのだと、起義はよく知っていた。おばは青春のすべてを注ぎ込んだのだから負けるわけにはいかない。ただ状況はきっとよくなると信じて掛け金を増やし続けるしかなく、食事も住居もベッドの上の世話もしてやって、おばの自尊心はないも同然となり、自分を見失っているような状態だった。おばが言うところのこの小さな島から出られさえすればそれでいいと思っていた。しかしおばの境遇は結局台湾と同じで、アメリカから捨てられてしまったのである。

一九七九年、アメリカは中国と国交を結び、アメリカ軍は大挙して台湾を離れていった。「あんくる」たちは鳥になって飛び立ち、魚になって泳ぎ去っていった。おばだけが一本の木、一つの石になって、ケダモノたちが帰ってきて誓いの言葉を実現してくれるのをただひたすら待ち望んでいた。同じころ、国内民意代表の増員選挙もアメリカとの断交によって中止となり、民衆の不満を引き起こすことになった。

業界の先輩によると、ある党外雑誌［「党外」とは国民党一党支配への対抗勢力を指す］が創刊準備で人手を探しているということで、その先輩が言うには、最初に思いついたのが彼だった。起義は、胸のなかの炎はだいぶ小さくなり消えかかっていると思っていたが、もしかするとまだ薪は残っていて、くすぶっているのかもしれない。彼はようやくここ数年自分が自分のようではなくなってしまった原因が何だったのかわかったような気がした。彼はやはり、民衆や社会や国家のために、何かをなしとげたいと思ったのだ。けれども次の瞬間には弱気にも妻と子のことを考えてしまうのだった。

家に帰ると、彼は妻に『美麗島（フォルモサ）』雑誌社で働きたいと告げた。妻の月娥（ユエオー）は不安げに訊ねる。「それって大丈夫なの？」

彼はいいとも悪いとも答えなかった。妻の心配は自分の心配でもあったからだ。それから起義はけっきょく新聞社を辞めて、雑誌社の高雄事務所に勤務するようになり、これこそが彼の理想であり目標であったと気づいた。まるで水滸伝の英雄たちが時空を超えて新たに活躍しているかのようだった。ただ彼らが目にしている過酷な政治がいつ終わりを告げるのかはわからないままだった。起義もどうしても心配になってしまう。もしも自分が当時の父親のような境遇に陥ったら、どうするのだろう。逃げるのか？　それとも向き合うのか？

雑誌社のもう一つの仕事は、台湾じゅうに拠点を設けて、集会を連続して開催することだった。起義は心のなかで、社会には「天」があり、世間には「道」があることを願っていた。雑誌には志ある者たちが集まり、同時に多方面からの力を結集していた。施明徳（しめいとく）と陳菊（ちんぎく）はさらに一歩進んで「人権記念委員会」の立ち上げを準備し、世界人権デーに合せて高雄での集会とデモの開催を望んでいた。事務所から申請書は出したのだが、いつもと違いなかなか許可が下りなかった。

事務所ではみながとまどっていた。一人が口を開く。「この政府はいったい何をたくらんでいるのかわからん」

「おそらく以前台中の事務所が開催した活動が目をつけられ、おもしろくないと思われたんだろう」

「おもしろくないのは民衆のほうじゃないか。彼らは『潮流（ちょうりゅう）』を差し押さえて、多くが捕まってしまった。我々は呉哲朗（ごてつろう）のために入獄送別会をやろうとしただけなのに、憲兵団を派遣して人垣をつくり民衆の参加を禁じてしまったのさ。こんな暴挙が許されるっていうのか？」

「そのとおりだ。だから連中は今回の活動も封じ込めようってわけだよ！」

みなは口々に議論した。そして結論は、思い切って最後までやり抜こうというものだった。デモは決行されることになった。起義たちは、国民党政府がそれほど与しやすい相手でないことをよくわかっていた。果たして、デモの前日、十二月十日に、冬季夜間外出禁止訓練の実施と一切の活動禁止の通達が出されたのだった。当日、宣伝カーが出発しようとしていた矢先、大勢の警察が事務所を取り囲み、まるで抗議する民衆のように、路上に横たわってなんとか宣伝カーの出発を阻止しようとしていた。ちぐはぐで調子の外れた芝居のようで目も当てられなかった。混乱の中で、起義は他の者と一緒に隊列を作って警察を遮り、事務所副主任の陳菊の指示のもと、姚国建と邱勝雄がなんとか順調に宣伝カーを出発させ、アピールをすることができたのだった。人々はこの一瞬の突破に歓喜の声をあげた。しかし勝利は長くは続かない。宣伝カーは鼓山で警察に拡声器を没収されてしまった。姚と邱の二人の同志は警察車両のボンネットにへばりついて抵抗したが、二人の命に躊躇なく、車両は道路を走ってゆく。二人はボンネットの上に腹ばいになり沿道に向かって「民主万歳」「自由万歳」「人権万歳」と大声で叫んだ。警察車両が鼓山分署までやってくると、二人は強制的に引きずり降ろされ、警察署のなかに連れていかれた。これらはすべて沿道の住民によって目撃され、情報として伝わったものだ。

起義と事務所の者たちは急ぎ鼓山分署に駆けつけ、釈放を要求した。多くの民衆もこれを聞いて集まり、人垣ができるほどだった。起義と民衆は怒号をあげ、スローガンを叫び、自分が持つべき自由を大声で叫んだ。この時、起義は父親のことを思い出していた。この群衆の中に身を投じるか、それとも逃げるのか。そして起義は妻と子を思い浮かべた。もし彼が亡くなったら、あるいは父と同じように気がふれてしまったら、妻は彼の母親と同じように粘り強く子どもを養っていけるだろうか？　子どもは大きくなったら兄と同じような物静かな性格になるか、それとも彼のようなはねっかえりになるのだろうか？　彼が父を恨んだように、彼のことを恨むだろうか？

　翌日のまだ夜が明ける前、姚と邱の二人はようやく南警察署から保釈された。取り囲んでいた群衆もしだいに離れていった。『美麗島』事務所の誰もが彼らの姿を見分けることができなかった。顔じゅうが青や赤のあざに覆われ、まるで伝統劇の隈取のようだ。二人は痛みをこらえながら民衆の歓声を受け入れていた。拍手が終わると、誰かが声をあげて泣き出した。すると男も女も取り囲んで泣いた。夜明けがいつ来るのか、誰にもわからなかった。けれどもほんとうのデモは今夜始まろうとしている。後退する者は誰もいない。前進だけが唯一の出口だと知っているからだ。前に進まなければ、彼らは永遠に闇夜の迷宮に閉じ込められたままなのだ。

　デモによって何に向き合うことになるのかを、起義も参加者たちも理解していた。夜六時過ぎ、施明徳と姚嘉文（ようかぶん）を先頭に、本来は扶輪公園（ロータリー・パーク）へと向かうはずだったが、そこはすでに封鎖されており、二百人以上が大圓環（ロータリー）へと方向転換していく。警察も徐々に近づいていた。周囲に、命を投げ出すことも厭わずがんばろうと声を上げる者が現れ、がやがやと騒がしくなっていくのに起義は気づいた。起義も抗議の隊列のなかにいて、ようやく自分のしっかりとした足場、歴史の中の小さな立脚点を見つけられたような気がした。

警察はヘルメットをかぶり、盾を手にし、グーステップで彼らに近づいてくる。鎮圧車両も巨大な獣のように後ろについていた。起義は、家で心配している妻と幼子のことを忘れることに決めた。彼は先頭を歩き、松明を掲げて仲間たちの顔を照らした。警察は前方に立ち、大規模な陣営を組んでいる。起義は「突っ込むぞ」と叫んだ。一群の人々が彼と腕を組んだ。隊列は手を繋げば繋ぐほど長くなっていった。一二三押せ、二二三押せ、三二三押せ。前進を阻む大きな石を動かせるなど信じていなかった。彼らが防御線を突破すると、装甲車が催涙ガスを放出してそれを阻止しようとする。抗争に参加した他の民衆も我慢できず、石やこん棒で反撃すると、警察の態度はますます強硬になり、その場で掃討されてしまった。

　起義は逮捕され、抗争に加わった者も逮捕された。黄信介（こうしんかい）、施明徳、張俊宏（ちょうしゅんこう）、姚嘉文、林義雄（りんぎゆう）、陳菊、呂秀蓮（りょしゅうれん）、林弘宣（りんこうせん）ら八名は警備総部軍法処において反乱罪で起訴された。獄中で彼は母親の年老いて不安げな顔を、物静かで口数の少ない兄といかれてしまった父親のことを思った。もしも父親がまともだったら、彼のことを馬鹿だというだろうか？　それとも褒めてくれるだろうか？　起義は、父親が当時したことは間違ってはいなかったのだと理解した。彼が今していることも間違ってないし、母が彼を諫めたことも、妻の心配も間違いではない。誰も間違ってはいない。選択によって結果が異なったに過ぎないのだ。

　いま彼はしっかりと父を抱きしめてやりたいと思う。彼にとってはかつて恥であったあの人に、「父さんは間違ってはいないよ」と伝えたい。そして彼はこの「美麗島」の歌を思い出すのだった。

揺らゆらと果てしのない太平洋が、自由の大地を抱いている
あたたかな陽光が照らしている、高い山々と田園を
われらのこの地には勇敢な人民がいる、労苦と勤勉さで、この山林を切り開いた
われらのこの地には無窮のいのちがある、水牛（水牛）
米（米）
バナナ（バナナ）
ハクモクレンの花

僕らは山の歌をうたうよ

「空気の密度をDとし、ヘリウムの密度をdとする。いま一つの風船にヘリウムを充填するとき、風船の皮膜と積載物の質量をmとする。この風船を空中に浮かべるとき、風船の体積は少なくともどれだけになるか」

「ダムの堰堤内の水深はhである。堰堤の最低部に面積Aの亀裂が生じた場合、水漏れを防ぐためにはどれだけの力が必要か（重力加速度をgとし、水密度をdとする）」

ミレニアム。狂喜と悲観が、双子のきょうだいのように連れだってやってくる。この一年を過ごせば、もっとよくなるのか？　それとも世界の終わりが近づくのか？　それは誰にもわからない。時間にはすべてを証明する力が備わっている。時間は人々が出口を見出せるように導いてくれるだろう。同様に、それは両手で力強く人々を前に進ませようと迫りもする。一部の人々がその場を離れようとしなければ、それが歴史となるのだ。

林哲浩（リンジョーハオ）は大勢の人ごみのなかに立っていた。彼はここにいる人たちのことを知らないし、「世界反ダム・デー」のことだってわかってはいない。同級生の傑森（ジェイソン）に連れてこられたので、にぎやかしに来ているだけだ。傑森がポータブルＣＤプレイヤーのイヤホンを彼に渡した。聴こえてくるのはたくさんの伝統楽器を組み合わせてでき上がった音だ。歌い手の無骨で奔放な声がゆっくり流れると、傑森は慣れたように一緒に客家（ハッカ）の歌を口ずさむ。哲浩はこの音楽にも、歌い手にも、そして客家語についても何も知らない。いつもこんなふうに、生活や政治や未来や夢といったものについて哲浩は心を動かされるようなことはなかった。面倒なことはいつも、避けられるならばできる限り避けて、正面から迎え撃つようなこともなければ、作戦を練る必要もなかった。彼の父親は違う。どんなものやことに対しても戦闘力をみなぎらせ、永遠に第一線に立ち続ける先鋒であり、人々の偶像であったが、彼にとってはそうではない。哲浩は思った。もし父が、自分がこの活動に参加しているのを目にしたら、きっと誤解して、息子はついに自分の衣鉢を継ぐことにしたのだと思い込むに違いない。

　傑森は彼の同級生でありルームメイトだ。数日前に美濃（みのう）の実家に一度帰りたいと言い出して、興味があるかと彼に尋ねた。哲浩は何も知識がなく、特に意見もなかったし、それにミスターお人よしだから、相手を傷つけないためにもできる限り断るようなことはしない。片思いの相手には特にだ。休日になると、彼は傑森のバイクにいっしょに乗って一路美濃に向かった。美濃には路地ごとに白い布が掛けられているようで、黒くて太い文字は二つの声を反映していた。一方は美濃のダム建設を支持し地方の繁栄を促進しようというもの、もう一方はダム建設に反対して生態系や人々の暮らしが破壊されるのを防ごうというものだ。彼は傑森の家では完全な客人となったようで、彼が客家語を聞き取れるかどうかには頓着せず、傑森と母親は彼の知らない言葉を話し続けるので、彼はまるで二人の世界の埒外に置かれてしまったかのようだ。彼は理解しようと努めたが、骨折り損というもので、結局は諦めて緊張を解き、テレビを見つめるしかなかった。傑森は哲浩の表情の変化に気がつくと、標準語で母親に返事をした。これは傑森の、気配りと優しさだと哲浩は理解した。

一晩泊まって翌朝には出発した。傑森が今日は大きなイベントがあるというので、彼はきっと地元で有名な「黄蝶祭（こうちょうさい）」だと思ったが、そうではなかった。彼は住民たちのロマンティックな性格を想像した。慎み深く穏やかに双渓伯公（そうけいはくこう）と黄蝶伯公（こうちょうはくこう）に拝礼するほかに、焼香して山の神に人類の懺悔を謹んで報告する。そして黄蝶には花や果物や蜜を捧げるのである。しかしこのとき、黒山のような人だかりが取り囲み、まるで同心円状に広がっていくようであった。スピーカーからはステージ上の人の話が流れ続けていたが、彼にはやはり理解できない。傑森も訳すつもりはないらしく、それでポータブルCDプレイヤーを取り出して彼と音楽をシェアしたというわけだ。音楽に国境はないし、翻訳の必要もない。

「誰の歌？」哲浩は訊ねた。

「交工楽隊（チアオゴンユエトェイ）〔The Labor Exchange Band〕っていう名前の客家のバンドさ。なかなかいかすだろ！」傑森は言う。

「なにを歌ってるの？」

「好男好女反水庫（ホーナンホーンーファンスイクー）」傑森は客家語で応える。

「え？」

「この歌の名前さ。『好男好女反水庫（男も女もみんなで一緒にダム反対）』」傑森はゆっくりと標準語に翻訳した。

人波のなかで歓声と拍手が湧き上がると、思わず自分もそれに合わせてしまった。みんな空を見上げている。そこにはマンション販売の広告のようなバルーンが浮かんでいた。太陽が一つ増えたかのようで、青空の景観をぶち壊すかのように真っ赤に染まっている。

「どうしてバルーンを上げてるの？」哲浩は言った。

「もしもここに堰堤ができたら、あれくらいの高さになることを美濃の住民に知ってもらうためさ」

彼は首が凝ってしまった。いったいどれくらいの高さになるんだろう。頭に浮かんだのは中学、高校の時の数学の問題だ。バルーンについて、堰堤について、密度について、圧力について……なんとかかんとか。彼は思いついた問題を持っていたノートに書き込み、公式をあてはめて無理やり計算し始めたが、肝心の答えをどう書けばいいかどうしても思い出せなかった。すべてが科学的な検証に基づいて構築された社会では、どんなことも数値化できるはずだろう。でもどうして愛情には計算式がないんだろう。彼は傑森を見つめながら、この自分のバカげた問題について考えていた。

哲浩は訊く。「じゃあどうしてダムに反対しなくちゃならないの？」核廃棄物を蘭嶼（らんしょ）に貯蔵すること、第四原発建設に反対したり、ごみ焼却場や火葬場、ごみ埋め立て場を住宅地のそばに建設することに抵抗したりするのは理解できる。でも人々の暮らしと関係するダムになぜ反対するのか、どうしても理解できなかった。

「その質問に答える前に一つ訊きたいんだけど、じゃあどうしてダムを建設する必要があるんだ？」

「……」彼はそれについて考えたこともなかった。ただ当たり前のことを訊いたにすぎないのに、でも相手の投げ返したボールを受け取るとどうしていいのかわからなくなってしまう。傑森は父親にちょっと似てる、そう哲浩は思った。ただ父親はいつも自分の理念や考えを興奮気味にわめくのだが、傑森は焦って説き伏せるようなことはなく、お湯がゆっくりと沸いていくように、むしろ待つという姿勢だった。

ミレニアムの年は、新世紀を迎える歓喜が広がると同時に、世紀末の世界の終焉を告げる予言の恐怖にも覆われていた。すべての物事には光と影があるけれど、大魔王はまだ予言どおりに世界を征服しにやってきてはいない。哲浩は父親のことを思った。過激派の父は国民党政府に対してその失策を暴いては攻撃し続けてきた。彼に理解できないのは、自分は中立だと思っているのに、父は常に彼に考えがないのが気に入らないということだ。さらには、彼と同世代の人間は歴史を知らないし、自分の立場というものをわかっていないなんて言う。彼は自分は無実だと感じていた。父親は過去の歴史の中に生きているが、それは彼や彼と同世代の人間もそうだというわけではない。彼らは自分たちの歴史の中に生きているのだ。父親はめんどうがらずに家族の歴史を彼に語り聞かせた。たとえば、祖父が二二八事件で迫害されたこと、父親自身も美麗島事件〔一九七九年十二月、『美麗島』雑誌社の集会をめぐり、当局と市民が衝突し多数が負傷、後の民進党指導者層となる人物が逮捕され、有罪判決を受けた〕の被害者であること、いまの台湾社会はすべて彼らの努力と犠牲、体制との戦いによってもたらされたということを。哲浩にはわかったようなわからないような感じだった。結局、物心ついた時には世界はもうこんなふうになっていたんだから、もはや存在しない世界についてどうやって理解すればいいというのだろう？　彼にとって父親は時間を逆走している男だ。歴史をぎゅっとつかんで放そうとせず、時間の流れとともに前に進むことを望まない。だからあんなにも一生懸命なんだ。でも、息子の方はとっくに水の流れに押し流されてずっと遠くに行ってしまっていることが見えていない。

「本当に美濃というところはおもしろいんだよなあ」傑森は言った。

哲浩は何も考えずに直感的に頷いたが、胸の中では傑森の言うおもしろさってなんだろうとあれこれ考えた。

「美濃は農業をやってる人が多いだろう。理不尽なことにも我慢してしまうような人がほとんどなんだよ。声を上げない人たちだね。政府の政策はほとんど黙って受け入れてしまう。でも今回の問題にはもう長いこと声を上げているんだよね」

哲浩は興味深そうに尋ねた。「どれくらいになるの？」

「一九九二年からだから八年になる。水不足になるたびに政府は決まってダムを作ると言いだすんだ」

「ダムは貯水できるんだから、水を使うという点では役に立つんじゃないか」

「はじめは俺もそう思ったんだ。大人たちがなんでダムに反対するのかわからなかったよ。でも高校にあがって大学に入った今まで、たくさんの本を読んだ。いろんな資料を調べてみたし、ダム反対の座談会にもずいぶん通ったよ。そうしているうちにだんだんわかってきたんだ。俺たちは騙されてきたんだと」

「どういうこと？」

「水不足ならダム建設っていうのは、一見理にかなっているように思える。でも台湾のダムの寿命がどれくらいか知ってるかい？」

「ダムにも寿命なんてあるの？」

「モノにだって壊れたり、使えなくなる時がくるよ」

「だからダムの寿命はどれくらいなんだよ」

「台湾は乱開発による地盤の変形や土砂の堆積などの問題があるから、平均寿命はだいたい五十年っていうところだな」

「それくらいなら大丈夫じゃない」

「じゃあ想像してみようよ。ダム一つ作るのに十五年かかるのに、使用期限は五十年しかない。五十年後にまた一つ作らなければならなくなる。そしたら台湾は大小さまざまなダムでいっぱいになってしまうよ」

「それがなにかまずいことになるの？」

傑森は笑ったが、悪気はなかった。話を続ける。「じゃあ想像してみてよ、いつかダムを作れるところがすべてダムで埋まってしまったら？　それでもまだ水不足の状態が続いていたら？」

哲浩は大小さまざまな山々がおびただしい数のダムに覆われている風景を思い浮かべた。ダムは世話する者がいなくなったトーチカか墓場のように、外形を留めてはいるが乾ききってこれ以上水を絞りだせなくなり、まるでたくさんのたらいが空に向けて口を開け、雨が降ってくるのを待っているようである。

「ダムの問題はとても複雑なんだ。この地の特殊な生態系が破壊されないように願うということだってもちろんある。それに俺たちにはやれることがまだたくさんあるんだ。鶏を殺して中の卵をとるような、目先の利益に眼がくらんで将来を忘れるような取水のやり方を避ける方法だってたくさんある。もっとすべきなのは、森林を守り水資源を再利用するようなことから手をつけることだよ」傑森は答えた。

「まるで専門家だね」

「関心を持ってよく理解していれば、専門家にもなれるさ」

「読んだ資料の一部がインチキかもしれないとは考えたことない？」

「この世界が無理やりにイエスとノーに二分されている状況では、どちらかを選ぶしかないだろ」

「選ばないっていうのは可能かな？」

「ほんとうに失ってしまったら、たとえ悔やんでももう遅いんだよ」

傑森のこの言葉は哲浩の記憶を呼び覚ました。去年北部の大学から実家に戻った時、父親は他人の不幸をあざ笑うかのように言った。「国民党のこの内輪もめを見てみろ。宋楚瑜（そうそゆ）が離党して総統選に出たと思ったら、古だぬきが尻尾を出しよった。国民党は宋楚瑜の古傷探しに躍起になっている。こんなふうだから民進党の時代がまもなくやってくるだろう。哲浩、選挙の時には帰ってきて阿扁（アビーン）［陳水扁。民進党出身の総統で在任期間は二〇〇〇・〇八年］に投票するんだぞ」

「そんなことには興味ないよ！」

「自分の国のことなのになんでそう他人事のようになれるんだ。これは一人ひとりの権利なんだぞ」

「政治のことなんてよくわからないし、誰が当選したってかまわない。権利は放棄するよ」

「どうしてそんなことを言うんだ。幸せに暮らしている者は幸せとはなにかを知らない。いまの民主がどれだけの人間の努力の積み重ねによってでき上がったのかわからないのか」

「民進党の暴力抗争も民主だって言うのかよ」

「暴力抗争は手段の一つにすぎない。できる限り人々の関心を呼んで、ことの顚末を知ってもらいたいんだよ。暴力そのものが目的ではない。それにこの体制は打ち破る必要があるんだ」

「父さん、きれいごと言うなよ」

「おまえが納得しないのは父さんにもわかる。それはおまえがなにも失ったことがないからだ。だからおまえにはわからないんだ。失ってしまったら悔やんでももう遅いっていうことをな」

父親のあの歴史については、彼にはどうすることもできない。父はいつもそれを持ち出すが、その歴史が彼の一生について回ることなのかはよくわからなかった。まるで父親の息子としてその記憶を背負わねばならないかのようだ。それは彼のものではないはずなのに、父はむりやり息子の身体に刻印しようとしている。父親が毎日のように話すその言葉は、入れ墨のように深く彼の心に刻まれた。彼には原罪があるのだ。父親の過去の罪を背負わねばならないとさだめられている。だから喜ぶこともできないし自由も得られない。ただ父親の決めた枠のなかに閉じ込められるだけなのだ。

彼が小さいころ父親はいなかった。父は牢獄の中にいたので、彼がアーアーと言葉を真似し始めてもその言葉は永遠に父親とは無関係だった。土曜日になると母親が父親のところに連れていってくれた。この人は悪人だと彼は直感した。牢屋に入るのは悪人だけだと、少なくとも学校ではそう教えていたからだ。数年後、父はまた彼の生活圏に現れた。父親が帰ってくると、たくさんの人々が彼の周りに出入りするようになった。その人たちは来てはまた去っていったが、つねにその中心にいたのが父親だった。どうやらみんなは父親を担ぎあげているらしく、政党の雛形を準備していた彼らは父にまた参与してほしいと願っていた。

母は楽しそうな表情で台所でみんなに料理を作っていた。父は戻ったが、逆に母親がいなくなってしまったようだった。母は全力で父親に愛情を捧げていたからだ。父親が自分を愛していることは哲浩にはわかっていたが、むしろ父には帰ってきてほしくなかった。そうすれば一人で母親の愛を独占できるから。その上、父親はまじないをかけるように、あの歴史を彼の身体にしばりつけ、取り除くことができないようにし、絶えず思い出させた。この安定した時局の背後にはそれがいつ失われるかもしれない危機が潜んでいるということを。それは彼に、まるで難破船の中に置き去りにされるような不安定感を与えたのだった。

出所してからの父親にはどこにも行き場所がなかったので、彼が口にしていた革命事業にまた身を投じることになった。母親はいつも戒厳令下の政党の合法性を心配していたが、父は前へと進み続けていた。哲浩はいつもこう思っていた。もしも父親が前進のスピードを緩めようと思えば、きっと母親の心配そうな顔を目にすることになっただろう。もしかすると母親の憂い顔を見たくなかったからこそ、父は積極的に民主進歩党の準備工作に携わり、後ろを振り返ることなく走り続けたのかもしれない。家に帰れば、父は絶えず自身の革命理念や党の旗揚げの準備状況について滔々と語った。彼と父親の間には政党という隔たりが一つ増え、いつまでも父親の世界には足を踏み入れることができなかった。戒厳令や報道規制、政党活動禁止が解除されると、父親はさらに忙しくなった。党が父の家となり、哲浩は再び父親を失うことになったが、彼の気持ちは逆に落ち着いた。

外では哲浩はずっとミスターお人よしだったが、家に帰ると父親の眼には息子は何事にも熱を持てない人間に映った。けれど哲浩には自分がどのように世界を見ているのかがわかっていたし、彼の視点は父親とは異なっていたので、政治の見方についてはいつも衝突していた。自分にも自分なりの考えがきちんとあることを示すため、そして自分の思い通りの人生を生きていくのだと決めて、哲浩は大学二年のとき家族にカミングアウトしたのだった。父親は黙って彼を見つめ、最後に吐き出すように言った。「おまえのせいで俺は世間にどんな面下げればいいと思ってるんだ?」

母親はその場を丸く収めようとしたが、父は矛先を無実の母親に向けて言った。「どんな育て方をしてきたんだ? おまえのせいでこんなふうになっちまったんだ」

「あんたには母さんにそんなことをいう資格はない」

「なに寝ぼけたことを言ってるんだ? 俺はおまえの父親だぞ」

「父親と認められたいんなら、父親らしいことをしてみろよ。僕にしてみたら、あんたなんていようがいまいが同じなんだ」

「おまえは何を言っているんだ。ここから出ていけ」父は玄関を指さしながら怒鳴った。

「ここは僕の家だよ。あんたはこれまでこの家のために何をしてきたんだよ。出ていくべきなのはあんたの方だろ」哲浩は叫んだ。母親はうろたえながらも互いに譲るようにと割って入った。しかしこれは彼と父の最初の戦いなのだ。互いに少しも譲ろうとはしない。

結局黙って出ていったのは母親の方で、父親は椅子の上で放心状態になった。彼は追いかけていった。「母さん、どこに行くの？　僕は間違ったことなんて言ってないよ」

「母さんはね、家族が喧嘩することもなく平穏無事であればそれだけでいいんだよ。父さんの考えに納得できないならそれでもいい。それはおまえが男の子を好きになることを父さんが受け入れられないのと同じよ。おまえたち二人にいますぐ互いに理解しあってなんて無理強いはしない。でもね、おまえが父さんに言った言葉はちょっとひどすぎるよ。おまえが父さんをどう思っているのか私にはわからないけど、おまえに言いたいのはね、私はこれまで、一度だって、父さんを恨んだことなんてないんだ。私には父さんが何をしようとしているかよくわかっている。父さんにはね、私が一生父さんの味方でいたいってことをわかってもらいたいのよ。おまえの言葉は父さんをひどく傷つけたよ。父さんみたいに理想のために全力で駆け抜けるような人はそうそういないんだ。父さんは私にとっては英雄だし、おまえの言うような無責任な父親なんかじゃないの」

母親は泣きながら言った。彼も一緒に泣いた。自分は最初から最後まで母親にとって父親よりもだいじな存在にはなりえないのだということを、ようやく理解したからである。

「何を考えている？」傑森が哲浩の思考を中断した。

「なにも」哲浩は傑森のほうを見て訊ねる。「きみはカミングアウトするつもり？」

「真剣に考えたことはあるよ。カミングアウトはしたいと思っている。でもできないんだ」

「どうして？」

「上に姉貴が四人いるんだけど、男は俺一人なんだ。親父が亡くなってから、お袋が女手一つで俺たちを育ててくれたんだよ。お袋のただ一つの望みは、孫を抱くことなんだ」

「姉さんたちにはもう子どもがいるだろ。お母さんの願いはもう叶ったんじゃないの」

「お袋はいつも俺に言うんだ。ガールフレンドができたら、家に連れてきなさいって」

「じゃあ連れて帰ればいいじゃないか」

「だからきみを連れていったんだろう！」

「バカ、僕はガールフレンドじゃないよ」哲浩は昨晩二人の間に起こったことを思い出していた。

「でもきみは俺のボーイフレンドだろ！」傑森は哲浩の手をぎゅっと握って言った。

「いずれにしてもきみは結婚するつもりなんだろう？　こんなことしたって何の意味があるんだよ」哲浩は傑森の手を振りほどき、むかっとして言った。

「結婚するなんて言ってないよ。カミングアウトをするつもりはないってことだよ。だって直接言ったら刺激的過ぎるだろ。お袋はもう歳だし、耐えられなかったら心配だよ。だから『徐々に慣れさせ作戦』を採用しようと思ったんだ。お袋にきみの存在を慣れさせて、きみにもお袋と

『嫁姑関係』を築かせる」

「バカ」哲浩は冷ややかな視線を傑森に送った。

「わかったよ！『婿姑関係』だよな。時間が経てばお袋もなんとなく気づくだろう」

「もしもその時になってもお母さんが理解してくれなかったら？」

「もしもその時になってもきみと付き合っていたら、きみがその時にまた悩めばいいよ」

「ひどいやつだな」

「ひどいやつだとわかっているのに、好き好んで近づいてくるなんてな」

「……」

「きみの家の方は大丈夫なの？」

「いざこざもなく平穏であればそれでいいんだけど」

「あんなふうにきみが後先考えずに言っちゃうなんて誰もわからなかっただろうな」

「誰のせいだっていうんだよ」

「俺？」傑森が自分を指さす。

「じゃなかったら誰だよ！　だってあの時僕はきみのことを好きになってしまったんだから。僕は遅かれ早かれカミングアウトの問題に直面すると思っていたよ。ぐずぐずして言わないより、言って死ぬなら早い方がいさぎよいってね」

「じゃあ生まれ変わったきみを祝福しよう」

「まだまだこれから長い道のりが残っているけどね」

「ダム反対運動も同じだ」

ミレニアムの年、台湾の政権は交替し、希望が訪れたと思った人もいれば、戦争がまもなく始まると考えた人もいる。外省人と本省人［日本統治期以前から台湾に居住する人々］、サトイモとサツマイモ［外省人と本省人の比喩］、外来(ニューカマー)と本土(ローカル)……さまざまな争点がこの場所でぶつかりあい硝煙が広がっていった。そして遠方には数百発の弾丸が一人ひとりの胸に照準を合わせてもいる。歴史は人々に傷を負わせたが、最初は弱い立場にあった人々が抱えていたこれらの傷痕は、いまでは勇者の印となった。二二八事件や美麗島事件は繰り返し語り継がれ、数取り棒がたえず積み上げられていくように、強固で確かな政治的財産となった。それらの言葉は哲浩の耳には政治的に利用されているように聞こえた。

ある日学校で、誰からともなく二二八事件についての議論が始まった。同級生たちは、あれこれ口を出しては答えを寄せ集めて一つの答えを見つけだそうとしていた。たとえば、「二二八事件は美麗島事件と関係があるの？」「違うよ！　タバコと関係があるんだよ」「確かタバコ売りの女の人が殴り殺されたのが原因だよ」「つまり陳儀(ちんぎ)は大勢の人を殺したんだ」「本省人と外省人の戦争だよ！」

別の者が訊ねる。「じゃあ美麗島事件は？」

同級生たちは頭を傾げたり、くすくす笑ったり、眉を顰(ひそ)めたりしていた。「陳水扁(ちんすいへん)と、それに呂秀蓮が関係してるんだよ」「文革なの？」「当時国民党の独裁下で、党外雑誌を発行しようとした人がいて、結局逮捕されちゃったんだ」「そうそう、美麗島事件の時は戒厳令が敷かれていて、それで多くの人が逮捕されて牢屋に入れられたんだよね」「だから結局二二八事件と関係があるのかよ?」「どっち も白色テロだろう!」「白色テロってなんだ?」「どうして白色テロっていうんだろう?」

「こんなことを話していったい何になるっていうんだ?」一人の男子学生が訊ねる。

「大陸の歴史だろうが台湾の歴史だろうが、ぜんぶ過去のことでしょ。私たちにはもう関係ないよ。大学生にもなって、試験に出るわけでもないのに、そんなにはりきってなにしてるのよ」女子学生が納得できなさそうに言った。

「……」哲浩は考え込んだ。彼は同級生の姿に自分を重ね合わせた。自分はそんなふうに父親を見ていたのだ。父親の過去なんてただの過去だと思っていた。けれど父親にとってみればそれは人生の消えない印なのであり、父にそれを忘れさせることなど誰にもできないのだ。

「関係はあるさ!」傑森は急に口をはさむ。

「どんな関係よ?」女子学生が訊ねる。

「もし僕ら自身が台湾の過去の歴史を理解しようとしないのなら、どうやって今の平穏な暮らしの大切さを自分の子どもの世代に伝えればいいんだ。過去を理解しようとしないのは、根元がぐらぐらした植物のようじゃないか。どんなに背が高く立派に育っても、やっぱり浮ついたままで足元もおぼつかない。みんなこの土地に生きているんだ。その歴史は今の僕らとは直接は関係ないかもしれない。でも、原因と結果を理解すれば、いまの政治的状況がどうしてこんなふうに変わっていったのかがわかるんだよ」

「どういうことだよ?」別の同級生が言う。

傑森が説明をする。「たとえば何年か前まで、民進党は非合法な政党だった。当時は戒厳令下で報道規制や新党結成が禁じられていたからだ。集会やデモの自由すらなかった。民進党はしょっちゅう街頭で抗争を繰り広げていたから、『街頭党』なんて言われたりしてた」

「さっきの話をちゃんと説明できてないよ。その歴史が俺たちとどういう関係にあるんだ」

「じゃあ、もう少し過去に遡ってみよう。どうして戒厳令が敷かれたのか？ 当時国民党政府は中国大陸で共産党に負け込んでいて、共産党のことが気に入らなくてしかたがなかったんだ。まず陳儀を派遣して台湾を接収したが、その後闇たばこ取締りの事件が起きた。それに台湾接収のためにやってきた政府軍は人品劣悪で、民衆の怒りを買って抗争が発生し、そのにらみ合いのなかたくさんの死傷者が出た。これが二二八事件だ。陳儀は状況が悪いと見るや台湾じゅうに共産党のスパイが隠れているとウソの報告をした。そして結局当時の省主席だった陳誠（ちんせい）が戒厳令の施行を宣言し、台湾は自由のない威圧的で強権的な暴力の時代に入ったんだ。何年も経ってから、戒厳令の施行プロセスは合法ではないと疑義を呈する人が登場して、政党結成やデモ、言論の自由の回復と反乱鎮定動員時期臨時条項や戒厳令などの悪法の廃止を求めた。あの頃『美麗島』という党外雑誌があり、その組織は政党の雛形を具えていて民進党の前身でもあった。しょっちゅうさまざまな活動を行っていたので、国民党の反感を買い、高雄で計画していたデモは禁止されてしまった。けれども彼らはそれでも街頭に出て声高に信念を訴えた。結局その活動の企画者は逮捕され、反乱罪で死刑が言い渡された。世論は騒然となりアメリカの介入もあって、懲役刑に減刑された。これが美麗島事件なんだ」傑森は一気に畳みかけたあと、こう付け足した。「簡単に言うとさ、政策の決定を誤れば民衆は抵抗するということだよ。そしてついに元総統の蒋経国(しょうけいこく)が戒厳令を解除して、いま僕らはデモや政党結成や言論の自由を持てるようになったんだ」

　みんなは傑森が続きを話すのを待っていたが、傑森は黙ってみんなと見つめあうだけで、結局だれも口を開くことはなかった。みんなは用事があるからと次々にその場を離れていった。残ったのは二人だけだ。哲浩は傑森を見つめながら言った。「ダムの専門家は歴史ハカセでもあるんだね」

「バカにするなよ。歴史が面白いのは、ドミノみたいなところさ。一つを倒せば他のものは次々に倒れていくだろ。きみのお父さんもそんなドミノの一つなんだよ。お父さんが倒れれば、最終的にはきみにも影響する」

「影響って何に？」

「あとでわかったんだよ。きみのお父さんは当時逮捕されて入獄したから、政府のことを信用していない。それに自由の身になってからも、ずっと悔しく思い、何かを取り戻したいと考えて、一生懸命ああいう事業に身を投じるようになった。それできみのことが疎かになってしまったんだ。だけど小浩(シャオハオ)、わかるかな。角度を変えて見れば、きみのお父さんはきみのためにそうしたんだって思えるんだよ」

「僕のために？」

「お父さんは過去に自分の身に起きたことが、僕らの世代にも起きることを心配して、それで壁を築き、筋の通らない多くのことに抵抗していたんじゃないか。僕らが自由な時代に生きられるようにと願いながらね」

哲浩は自分の家族は確かにドミノのようだと思った。祖父は二二八事件のために頭がおかしくなり、父もまた美麗島事件で入獄した。もしかしたらそこにはほんとうにある種の関連性があって、それによって彼らは歴史に従って倒れていったのかもしれない。正解のある問題もあれば、永遠に解けない問題もある。

「この歌を聴いてみて」傑森はイヤホンを手渡す。

イヤホンからは馴染みのある声が流れてくる。傑森といっしょに美濃に行ったときに聴いた声だ。

「なんていう歌？」

「我等就来唱山歌（ンガイデイチウロイツォンサンコー）」傑森は一文字一文字客家語で発音する。

「どんな歌なの？」

「『僕らは山の歌をうたうよ』っていう意味だよ。故郷の人たちが立法院に抗議に行くときに互いに励ますためにうたうんだ。恐れずにいっしょに山の歌をうたって、美しい山河を返してもらえるよう政府に求める歌なんだ」

傑森といっしょにいさえすれば何も怖いものはないと、哲浩にはわかった気がした。

「もういちど言ってよ」哲浩は言った。

「ンガイ　デイ　チウ　ロイ　ツォン　サン　コー」

A7802

A7802。いつ自分の名前がこの番号に変わってしまったのか、彼にはわからなかった。前の人の番号が誰で後ろの人の番号が誰なのかなんて知りたくもない。自分の番号さえ覚えておけばそれでいいのだ。彼らは蒸し暑く狭苦しい空間の中で暮らしていた。そこには安らかな時は永遠に訪れることはなかった。彼はよく夢で朝な夕なに思い焦がれる故郷へと帰っていた。広々とした田畑、走り回る子どもたち、笑顔いっぱいの人々、慈愛にあふれた母親、彼の妻と子、そして建て直している最中の我が家。故郷の夜も騒がしい。コオロギはリンリンと鳴くし、カエルも鳴く。遠方の灌木の間や畑から届く不思議な声は、寂しさを声によって遠ざけているようだ。たまに聞こえる母親の咳払いや妻の愚痴などのすべてが、眠りにつくのにはいちばんの薬だった。

どうしても寝つけないときは、眼を見開いて天井を眺めながら、室内にいる百人余りの人間の寝息を聴いているのだった。こいつらはいったいどうやって眠りについているんだろう？　自分はもともとどうやって寝ていたんだろうか？　こんなことを考えていると、くたびれてまた眠たくなってくる。けれどもどうしてもリラックスして眠ることができない。肉体と精神は耐えられない苦痛の中に置かれていた。室内はとても暑く、蚊やトコジラミは数百人の間で食事にたっぷりありつこうと動き回っている。多くの人間はあらかじめ約束していたかのように、同時に寝返りを打ったり、寝言を言ったりしている。口にする家族の名前はいろいろではあったが。もしも故郷であれば、まだ夜も明けぬうちに鋤（すき）を担いで家を出る準備をし、妻が前の晩に用意した朝食とお茶は食卓の上に置かれていて、子どもはベビーベッドで舌を鳴らしているだろう。たぶんまたお腹がすいたのだ。ほとんどの人が故郷の生活リズムから抜け出せず、彼と同じく寝つけないので、起き上がって顔を洗い、所在なさげにするほかはない。

　空が徐々に白み始め、室内の騒がしさが周りに伝わっていくと、一日がまもなく始まる。朝食の後、彼らは次々に真っ暗な地下道へと入っていく。まるでモグラがこっそり穴を掘るかのように。彼らは匂いの他に人工灯と声によって互いを見分けることができた。真っ暗な穴の一つひとつは終わることのない夢のようで、出口が現れるのをみんなは期待していた。彼も彼らも神の言葉を信じて、光が現れるのを待っていたのである。毎日疲労困憊した後も試練が待っていた。身体のだるさや痛みはたいしたことはないし、三度の食事がまずいのも耐えられる。通訳と経営者側との連絡や相談の不足ももはや当たり前となった。狭い空間に二百もの寝床がぎっしり並んでいるのもどうだっていい。寝られればそれでいいのだ。みなとっくに慣れてしまった。声を上げないからこそ、この土地で頑張り続けることができるのだ。けれども思いが毒のように毎日少しずつ浸潤していき、耐えられなくなると、テレフォンカードを取り出して遠方の妻へと電話する。恋しい言葉のほかにも、アープーとしか言えなかった子が流暢にパパと呼ぶのを耳にして、目頭が熱くなる。公衆電話の画面上の金額が少なくなっていくのを見つめていると、彼の歓びも奪われていくかのようだ。そして結局は受話器を置かざるを得ないのである。

就寝前には、何人かで狭い空間に集まってテレビを観る。中国語がわかる者は数人しかおらず、残りは画面をただ眺めながらおしゃべりをして時間をやり過ごす。衛星テレビで故郷の番組が観られるようにしてほしいと何度も訴えてきたが、いつも通訳は、上に伝えると言うばかりでその後は音沙汰なしだ。だれだれの友人はどこどこで働いていて待遇はこんなにいいらしいなどとぶつくさ不満を漏らす者もいる。まるで存在しない美しい場所が皆に憧れを抱かせるかのようだ。周りを見ると、一人ひとりの生活空間は非常に小さく、一坪にも満たない空間こそが彼らの仮住まいなのである。狭苦しくて、囚われて飛びたつことのできない鳥のようだった。彼とその仲間たちは、多くの「ならぬ」によって抑圧されていた。携帯電話を使ってはならぬ、賭博をしてはならぬ、壁を越えてはならぬ、喧嘩をしてはならぬ、入浴前にパンツ一丁になってはならぬ、タバコを吸ってはならぬ、酒を飲んではならぬ……さまざまな「ならぬ」がどんな計算で罰金に変わってしまうのかもよくわからない。仕事をしていない時も、モグラのように静かに、人目を惹かないように、規則を守らねばならない。さもなければそのつど給料から天引きされ、建て直している故郷の家の完成の日もさらに遠のいてしまうのだ。

歌ですら小声で口ずさまなければならない。故郷の歌はいつでも一人ひとりの望郷の念、母親や父親、妻や子への思いを容易に掻き立てるものだ。一曲また一曲となじみのメロディを一緒に口ずさんでしまう。それは子守歌で、耳にすると現実を見る勇気を失くしてしまいそうになる。

とにかく急いで夢の中に潜り込みたくなるのだ。そんな風に眠り続け、夢から覚めたら、金はじゅうぶんに貯まり故郷に帰って家族と再会できているかもしれない。

ただ、最近の宿舎の空気はどんどん悪くなっている。まるでみんな圧力鍋の中に閉じ込められて蒸し煮にされ続けているようだ。残業代が実際の勤務時間に基づかずに支払われているようだと誰かが言いだすと、残業はむりやりやらせるのに経営側は食事も温かいお湯も出してくれないと、別の者が同意するように付け加える。わけもわからず天引きされているが給与明細にはタイ語の注記がついていない、食事は出来立てではないし、宿舎もぎゅうぎゅう詰めだ、他にも電撃棒で電気ショックを加えられたり殴られた経験がある……膨らんでいく不満はどこにも発散できる場所がなかった。誰かがこっそりタバコと酒を持ち込んでくる。何本かのタバコと少しの酒が、抑えつけられた心と言葉の通り道を開いていく。なじみの言葉で互いに経験した痛みや耐えられなさ、恨みつらみを交し合う。だんだんと肝が据わってきて、声もより大きくなっていく。ある者がこっそり管理人が来たと伝えると、酒を飲んでいた阿朋(アーポン)は飲み過ぎていたのだろう、酔っぱらいながら言い放つ。「来るなら来てみろっていうんだ、なにを怖がってるんだよ?」

そばの者は諭す。「阿朋そんなことを言ってはいけない。捕まったら天引きされてしまうぞ。一日の給料がいくらなのか考えてみろよ。故郷の家にはそのカネを待ってる家族がいるんだろ。カネとはうまくやっていかないとだめだぞ」

阿朋はさらに大胆に叫んだ。「俺がカネとうまくやっていけないわけじゃない。あいつらがわざと俺たちとうまくやっていけないようにしてるんじゃないか。ここにいるのは獄につながれてるのと変わらない。少しの自由もないんだ。ちょっと大声で話すことすらできないじゃないか」

そばに立っていた阿抗（アーカン）は言う。「阿朋、いっしょに飲もう。この一杯を飲んで休んだらいい。稼ぐのはたいへんなんだから、いざこざを引き起こしたらだめだぞ」

阿抗は彼らのリーダー的存在で、いつも第一線で彼らのために声を上げ、手当や待遇の改善を求めた。ただ、経営者側とたゆまぬ交渉をしても、鼻であしらわれるだけで、何度も門前払いを食らう結果となり、阿抗はいつもすまなそうに戻ってくるのだった。「すまない。また結果を持ってこられなかったよ」

阿抗を責める者などいない。阿抗は解雇の危険を冒しながらも、みんなのためにしかるべき制度を勝ち取ろうとしていたのだ。ただ彼らの声は小さすぎて、誰も地下の坑道で働いている彼らのことなどなんとも思っていない。彼も加勢するように言った。「阿朋、休みになったら飲みにつきあってやるよ。まずこれを片づけちまおう！」

「阿抗、阿順（アーシュン）、二人は俺の仲間だ！　さあ、乾杯」阿朋は言い終わるとコップを挙げて飲み干した。

管理人は小走りに寝床まで近づいていくと彼らに言った。「Ａ７８０２、Ｂ１０２３、Ｄ２２２１４、おまえたちは……酒を飲んで……八百元だ」

彼と阿朋は全部は理解できないが、それぞれの番号と管理人の手ぶり身振り、理解できるいくつかの言葉から、おそらくまた天引きされるのだろうとわかった。

阿抗はタイ語で通訳する。「俺たちＡ７８０２、Ｂ１０２３、Ｄ２２２１４の三名が居住スペースで飲酒し騒いでみんなを集めたということで、罰としてひとり八百元を給料から天引きすると言ってる」

阿朋がまず反抗してタイ語で叫んだ。「なんだって？　俺たちから八百元の天引きだと？　俺ひとりが悪いんだから、罰は俺だけでいいだろ、なんでこいつらも罰するんだよ？」

管理人は阿抗を見た。阿抗は管理人と話し始める。会話の最初の部分は阿順にもなんとか概略は理解することができた。しかし阿抗と相手の対話のスピードはますます速くなる。そばで囲んでいた者たちが、ひと言ずつ手伝って簡単に通訳している。「ひどすぎるよ。俺たちをずっといじめてるんじゃないか」と叫ぶ声だけが聞こえる。

「規則違反は本来罰せられるべきだ」管理人は言う。

「宿舎で博打をしちゃだめだというくせに、なんでここにスロットを置いたりするんだよ？」

「賭博禁止は会社のルールだ。スロットを置いているのは娯楽の提供のためさ。文句があるなら会社に聞いてくれ」

「俺たちの食費はやたら高いのに、なんであんなにひどい食事なんだ？」誰かが訊ねる。

「俺たちの代わりに給料をタイに送金してくれるのはいいが、手数料があんなに高いのはどういうことなんだ？」他の者も訊ねる。

「携帯電話すら持たせてもらえず、ここの公衆電話しか使えないのは理不尽すぎるよ」また他の者も口をはさむ。

一つひとつのなぜが、みんなの心を一つにし、全員の疑問が巨大なエネルギーとなって、まるで腕のように管理人をしっかと捉えた。

　管理人は大声を上げる。「ここにいるすべての者は規則に反して大勢で集まった。全員千五百元の天引きだ」

「天引きするならしてみろ。俺たちはストライキだ」

「抗議だ！　抗議する！」

「ストライキ！　ストライキ！　ストライキ！」

「出てきて俺たちの要求に向き合え」

「説明しろ」

　天引きという言葉が、みなを激怒させた。誰もが口々に叫びながら徐々に管理人を取り囲んでいく。一部の者はすでに手をあげようとしていたが、阿抗はみなを制止する。しかし会社の上層部が出てくるよう要求し喚き始める者もいた。管理人は阿抗と阿順に守られて管理室へと戻っていった。管理人は急いで他の職員に連絡し、事務所の者も急いで電話をして救援と警察への通報を求めた。たとえ阿抗と阿順がどのように釈明したり要望をだしても、相手は横暴な口ぶりで脅すように言う。「今回はおまえらを全員タイに送還してやるからな」

　まさに彼と阿抗がその場の空気を和らげようと苦心しているとき、大勢の者が宿舎から出てきて事務所に向かって走ってきて大声で叫んだ。「出てこい！　逃げるな！」地面の石を拾って街灯に向かって投げつけ憂さ晴らしをする者もいた。一つ目が引き金となって、そこから次々と石が投げつけられ、事務所を覆っているトタン屋根がドンドンと音を立てる。建物じたいが崩れてしまいそうだった。阿抗は箱を運んできてその上に立ち冷静になるようにとみんなをなだめたが、聞き入れる者は誰もおらず、阿朋ですら疑問を口にする。「あんたは連中からいくらもらってるんだ？　あんたが毎回談判に行ってもうまくいかないのは、連中がこっそりあんたにカネを握らせてるからじゃないのか。だからいまこうやって連中の側に立って話をしているんだろ。あんたにカネはあっても、俺たちにはないんだ。こうやっていままた天引きされたり、送還すると脅されたりしている。前だってしょっちゅう電気ショックされたり殴られたりしてきたんだ。もうあんたを信用することはできないよ。みんなそうだろ？」

阿朋がそう言うと、みんなは拍手し喝采を送った。続けて阿朋は指示を出す。「みんな突撃するぞ、工場だって燃やしてしまい、上の連中にも俺たちに一目置かせなきゃならない。俺たちのことを無視はさせないぞ」

その場の者たちは再び扇動され、たくさんの石礫が飛んでいき、事務所の外壁にぶつかってハチの巣のようにしてしまった。阿抗と阿順は事務所内の職員に叫んだ。「暴動だ。私があんたたちが離れるのに付き添う。ここはとても危険だ」阿抗は穏健派の者に指示して取り囲んで小さな輪を作らせて、あんなにいばりくさっていた管理人をそのなかに匿った。誰かが石礫を投げつけようとしたが、阿抗と仲間たちを目にして、石礫とこみ上げてくる怒りを別の場所へと投げつけたのだった。そして警察とたくさんのメディアも駆けつけて工場を包囲した。漆黒の工場の敷地内には急にたくさんの光が集まってくる。抗議者たちは蛾のように炎のなかに向かっていく。

「だから放火したのは誰なんだ？」前にいる警察はいらだちを隠さずに尋問する。阿順は従順に、以前に何度も繰り返した話を答える。記憶の中の画面がまた蘇り、まるでまだ現場にいるようだった。阿順は頭の中の画面をスローモーションで再生し、ストップし、また巻き戻す。しかし誰が放火したのかということについては少しも記憶がなかったし、阿朋が工場を燃やせといったこともわざと忘れようとしていた。

その日、新聞記者が警察と一緒にやってきた。彼らは援軍がやってきたと思ったが、警察は彼らを記者たちから引き離して警察署に連行しようとした。大勢が彼らを取り囲み、マイクが目の前に突き出された。これがはじめて彼がほんとうの発言権を持った瞬間だったが、どぎまぎして何も話すことができなかった。そのうえ言葉の問題で、阿順には記者の問いかけを完全に理解することもできなかった。彼はただ契約解除で送還されることを心配していたのだった。彼は台湾に来る前、莫大な借金をして業者に仲介料を支払い、人の眼には宝の山と映るこの場所に来てからというもの、様々な名目で給与から天引きされ続けてきた。食費と宿舎費で二千五百元、通訳料で千元、社会保険料と税金で千五百元とうずたかく積み上げられていった。彼は負債を背負って送還されたくはなかった。だからこそ沈黙することを学び、なにかといえば知らないわからないで通してきた。当日と翌日のニュースは次々と「騒動」や「暴動」といった言葉で、彼らが革命と思い込む戦いを形容していた。彼と阿抗はまもなく会社の宿舎に連れ戻されたが、騒ぎを起こした数名はまだ警察署で取り調べを受けているらしい。

記者は二十四時間体制で宿舎を取り囲んでいたので、誰も働かないし、その気も起こらなかった。ましてタイミングもよくない。ここにきて暇をもてあそび金も稼げず、動物のように閉じ込められ、見世物にされていることに愚痴をこぼす者も出てきた。前は見世物ではなかったけれども俺たちは奴隷のようだった、自由も何もなかったと言う者もいた。小さな火花が再び点されると、阿抗はみんなの訴えを集めて何人かを引き連れ最前線に立って、流暢な中国語で訴えた。「実際の残業代を支払うこと、給与明細にはタイ語の明細を付けること、携帯電話の使用を認めること、宿舎における代用貨幣（トークン）の廃止、宿舎内にタイ語の衛星放送アンテナを設置すること、給与送金の手数料を値下げすること、禁酒令を解除すること、暴力をふるう管理人を交替させること……」

さらにその翌日になると、ニュースの風向きが変わり、彼らが非人道的な待遇を受けていると報道すると、多くの声がリレーのように現れ始め、温かく彼らにエールを送った。まるで社会の正義と幸運の女神がもう彼らの側に立ったかのようだった。けれども噂を流し始める者も出てきた。この騒ぎがひと段落するのを待って、会社も報復をするはずだ。メディアで発言した者たちがまずは最初の送還の対象となるだろう。そこで彼らはまた自分の殻の中に閉じこもり始めた。おとなしく毎日をやり過ごし、目立たない隅のほうに身を隠し、この災難から逃れられるようにと願った。しかし阿抗は勇敢にも立ち向かっていった。彼は声をあげる力をもらったが、同時に標的になる危険にもさらされてしまう。阿順は夜、阿抗に訊ねる。「あんたは送還されるのが怖くないのか？」

阿抗は頷いて答えた。「心配はある。だがな、しょっちゅう故郷のあれこれを思い出すんだ。みんなは台湾に来て働けるのはいいと言ったよ。俺もみんなと同じで莫大な借金をして仲介業者に支払った。それに毎月天引きもされてる。ひと月一万五千元あまりの給料で、たまに会社がくれる小遣いも足りない。それに代用貨幣に交換しないと売店で買い物もできない。値段も高いしな。俺はつらいのはがまんできる。もっとつらくても、給料がもっと少なくてもがんばってみようとは思うよ。でもな、ここの暮らしは言われていたほどよくはないし、基本的な自由さえないんだ。俺たちは長いこと思いっきり歌もうたっていないし、たらふく食べてもいない。みんなの顔は日増しに険しくなっていく。これまでの稼ぎではまだ仲介料の借金は返せない。だけど俺はまた故郷の大地を踏みしめたいんだ。貧しくてもいい、俺は幸せに暮らしたい」

「すまない、あんたについていけない。俺には子どもも、妻も、おふくろもいるんだ。それに……」

阿抗はポンポンと彼の肩をたたいて言った。「だいじょうぶだ。一人ひとりが正しいと思えることをきちんとすればそれでいいんだよ。無理はしなくていい、ほんとさ」

夜が訪れると、みんなは眠りへと駆り立てられる。抗議をしようがしまいが、睡眠はとらなければならない。阿順は周りを見やると、ある者は眠りにつき、ある者は明日の戦いについて議論し、残りは故郷の歌をうたっていた。彼は涙をこぼしながら、別れの時が近いように感じていた。

翌日会社は命令書を出した。そこには解雇される者の名前がはっきりと書かれていた。阿抗と彼の名前もそこにあった。自分の名前がそこにあるか、みんなは緊張し不安になった。自分の名前がないことを確認すると安心して離れていった。阿順は自分の名前を見つけると、瞬く間に涙があふれた。彼はどんな面を下げて故郷に帰り家族に説明すればいいかわからず、頭をぶつけて死にたくなった。

阿抗は無言でただ静かに彼に寄り添っていた。

「阿抗、俺はどうしたらいいんだ？」

「心配するな。たいしたことにはならないよ」

「たいしたことにはならないだって？　俺たちは解雇されるんだぞ。あんたはいいさ、帰って畑仕事ができるんだ。でも俺は？　妻や息子、家はどうすればいいんだ？　俺はここで死んじまったほうがましだよ」

「阿順、そんなことを言ってはダメだ。おまえの家族はおまえを愛してるんだよ。遺体になって戻るなんてダメだぞ。母親を泣かせることになるし、妻や息子は大黒柱を失うことになる。泣いたり駄々をこねるのならまだいい、だけどそんなことを言ってはいけないぞ」

外からがやがやと声が聞こえてきた。「労協なんとかというところの職員と弁護士がやってきたぞ」

新聞記者が取り囲むと、労働者たちも賑やかしに集まってきた。労協の代表が報道機関に説明していると、阿抗はそれを聞きながら通訳し、しばらくすると嬉しそうに叫んだ。「助かった、助かったぞ」

「どうしたんだ？」阿順は訊く。

「この組織の人が、司法調査が続いている間は俺たちを送還せず、証人として残すようにと会社に要求しに来たんだ。政府ともすでに話がついていて、この理不尽な命令を取り消すよう会社に求めている。彼女は俺たちのために弁護士を雇ってくれたんだ。問題があれば弁護士に相談できるし、訴訟だって起こせるんだ」

阿順は前に進み出た。今回はマイクもないしカメラもない。けれども声をあげなければまた同じような目に遭うかもしれないことを、彼は知った。彼にも阿抗の考えがいくらかは理解できたのだ。

「こんにちは、私は台湾国際労働者協会と高雄市政府に依頼された弁護士の林です。林平和（リンピンホー）と申します」通訳が目の前の男の話を訳してくれる。林弁護士はおちついていてややふっくらしているが、なにも心配することはないと言いたげな笑みを絶やさなかったので、安心することができた。

阿順は中国語で簡単に自己紹介し、弁護士と握手を交わすと、相手は続けた。「あなたが感じている不合理なことについて簡単に説明していただけますか？　それからどんな点を改善するべきだと思いますか？」

彼が話すと通訳が手伝ってくれる。弁護士はそれを頷きながら書き留めていく。しばらく面談をした後、彼はようやく胸の中の不平や不満がきれいさっぱりなくなったように感じた。面談が終わると、弁護士は彼の肩をポンポンと叩いてへたくそなタイ語で語り掛けた。「すべていい方向に向かっていきますよ」

彼はうなずき、そうなるようにと願ったが、まだ不安そうに訊ねる。「俺たちのことを暴徒だという人もいるんですが、この罪は重いんでしょうか？」

林弁護士は口を開くと、通訳がそれを伝えた。「彼は心配しなくていいと言っています。この件については検討済みで、経営者側の問題が深刻だと認めている。そこにはあなた方の収容所のような宿舎の管理は『人身奴隷罪』に、外出禁止や行動の制限は『自由活動はく奪罪』に、代理貨幣の強制使用と携帯電話の禁止は『強制罪』に、電気ショックと殴打は『恐喝危害安全罪』と『傷害罪』になること等が含まれています。基本的に今回は、あなた方は正当防衛で抗議活動を行ったと弁護していくことになるでしょう。暴動ということは決してありません。だから安心して司法調査をお待ちください」

「じゃあ阿朋たちは？　あの日金庫がこじ開けられて、中の金品がなくなったと聞いてるんですが」

あの日彼らは何名かの管理人に付き添って事務所を離れたが、阿朋は仲間を連れてなかに入っていった。その後会社の調べで、事務所の金庫が破壊され、中にあった百万以上の現金が消えてしまったという。

「それについては司法調査を静かに待つしかないですね。彼らについては調査結果が出るまではどうなるかわかりません」

数日後、彼らの生活はまるで芝居の幕が変わるように変化した。阿朋はまだ警察署で取り調べを受けていたが、阿順は岡山（おかやま）［高雄市北部の地名］に異動となり、食事も改善し、宿舎には冷房もついた。これまでの理不尽な規則のすべてが廃止され、ニュースの画面には口を開けて笑う彼らが収まっていた。

これこそが彼らが求めた本当の生活なのだろうか？　それとも他の人たちが見たいと願う画面なのだろうか？

彼は訊ねたかった。でも阿抗はもとの宿舎に留まっていて、彼に答えられる者は誰もいない。

阿順は新たに手に入れた携帯電話で遠方の妻にすべてはうまくいっていると伝えると、妻は言った。「元気ですべてが順調なら安心だよ。息子と一緒にあなたの帰りを待ってるわ」

彼は口を押えてただ頷くだけだった。妻には泣き声を聞かせられない。「じゃあな」彼は言った。電話を切ると、窓の外の月が故郷と同じように白く美しく光っているのを見て、今日は満月だと妻に言い忘れたのをようやく思い出した。彼は家を離れるとき、お互い寂しい時は頭をあげて月を眺めようと妻に言ったのだ。月は二人の心をつないで離さないようにしてくれると。

阿抗がいま元気にしているのかどうか、阿朋は無事に解放されたのかはわからなかったが、みんなには一人ひとり過ごさねばならない生活がある。事件の後、弁護士が言ったように、彼らの生活は改善され、食事も自分たちが委員となり何を食べるかについて決めることができるようになった。彼らは依然として地下坑道で働いていたが、徐々にだがすべてがよい方向に向かっていると感じていた。たまに道端で彼らにあいさつしてくれる人もいて、多くの台湾人は親切で善良であり、彼らと同じだということを知ってもらおうとしていた。夜の宿舎では故郷のテレビチャンネルを観られるしラジオも聴ける。故郷の歌だって大声でうたう。そして帰国後の夢ややりたいことについても互いに語り合った。

毎週末、彼は身ぎれいに着飾って、一緒に外出した仲間に写真を撮ってもらい、二、三か月に一度、写真を揃えて家に送っていた。妻にここでの生活を心配させないように、背景のすべては美しく、笑顔も夏の日差しのようだった。それは作ろうと思っても作れない自然な表情だった。あの耐えられない過去はもう消え去ったのだ。

彼はあのとき拘禁された仲間の消息をまだ気にかけていたが、その後のニュースは、抗議活動の裏で隠ぺいされてきた数々の不正行為を暴き出した。もともとは彼らの抗議活動によって外国人労働者の管理問題に対する社会の注目を集めただけだったのが、思いがけずこれによって高雄地下鉄不正事件があぶりだされ、ニュースは闇に隠れた腐った連中を血が飛び散るほどに執拗に暴き出し、ある者は辞職に追い込まれ、ある者は被告席に立つことになった。無罪の者もいたし、罰せられて当然の者もいただろう。しかしいずれにせよ、と阿順は思った。彼らの最初の望みはささやかなもので、道理にかなった対処を願ったにすぎない。誰かの辞職によって責任を果たすことなど、彼らは求めたことはない。本当に間違っているのは、ニュース画面で謝罪する労働委員会の主任委員ではなく、あの非人道的な管理をしている会社のほうなのだ。

翌年また飛び出した関連のニュースは、当該の会社が当初の放火容疑の者たちに二千万元の賠償請求をしたというものだった。すぐに彼らの間と台湾社会に議論が巻き起こった。それは振り捨てられない悪夢のようで、あの管理条項と管理人の冷たい表情がまた彼の脳裏に浮かんだ。報道は一貫してこの会社の筋の通らないやり方を批判し、結局会社は二千万の賠償請求を放棄し、一元だけの形式的な請求にとどめることにした。けれども阿順には、それがいかなる人にとっても賠償金を払う価値のない会社だとわかっていた。たとえ一元にすぎないにしても。

　それからまもなく、彼の三年間の勤務契約満了の日が近づいた。阿順は故郷のあの広々とした緑の田畑、力いっぱい駆け回る子どもたち、笑みを浮かべた村人、慈しみ深く病気がちな母親を懐かしく思い出した。そしてぶつぶつ文句を言う妻とパパと言えるようになった息子、まもなく完成する我が家のことも。このＡ７８０２という番号は、台湾に残しておくことにしよう！

少年Y

哲浩(ジョーハオ)はこの歳まで自分が平穏に生きてこられたことが本当に不思議だと思うことがある。人生には多くの残酷なことやひどいことが繰り返し起こるものだ。もしも不注意で間違った道に迷い込んでしまえば、おそらく二度と出てくることはできない。少年Yのように。人生は落とし穴だらけの砂地のようで、足を踏み間違えれば、永遠に戻ることはできないのだ。おそらく小さいころから父親の愛情が足りなかったせいか、哲浩は、細かいことを気にせず、おおらかで、ちょっとやんちゃな少年にばかり眼がいってしまう。でもいつも遠くから眺めているだけだった。彼は、同じように青春真っ只中の少年たちとは疎遠だったが、その代わりに女友達とは相談にのってやったり、ふだんからおしゃべりを交わすことができた。彼と少女たちは、境界線を引いて、少年たちのことを取沙汰したものだ。すると少年たちは統一戦線を結成して哲浩に敵意を燃やすようになった。どうやら彼が一人で少女たちを独占しているか、あるいは少女たちと一緒に彼らのことをあれこれ言ってるのが気に入らないらしい。気づいたときにはわけもわからず少年たちの共通の敵になっていたのである。

ある日一人の少女が哲浩に気をつけたほうがいいと教えてくれた。少女はボーイフレンドから人づてに、他の少年たちが彼に難癖をつけようとしていると聞いたのである。そんなことは気にも留めず、ある日塾の同級生が、話があるからと哲浩をトイレに連れ出した。彼はついて行ってようやく、「なんの話？」と口を開いた。突然身体を倒され、自分の右頬がひどく痛むのを感じた。相手は厳しい口調で言った。「頼まれておまえに警告しにきたんだ。学校で調子に乗ってんじゃねえぞ」哲浩にはなにがなんだかわからなかったし、しかも彼は塾のテスト中にその少年に何度もカンニングさせてやったことだってある。顔への一撃は、彼がはじめて味わった暴力による肉体の痛みだった。

近ごろのニュースでは、学校内のいじめ事件が報道されており、哲浩は中学時代の出来事を思い出した。このことについて彼は、誰かに伝えたことはほとんどない。これは自分にとっては生々しい体験だが、他の人にとっては縁遠い出来事だし、あの胸が張り裂けるような感覚は、同じような目に遭っていなければ理解することなどできないからである。たとえ誰かに話したとしても、返ってくるのは痛くもかゆくもない返事だ。「どうしてそんなことに？」「ほんとうにかわいそうだね」「そいつらはほんとうにひどいな」「なんでそんなことをまだ覚えてるんだよ、早く忘れちゃえよ！」「きみは助けを求めなかったのかい？」

もしも彼がデスノートを手にしていたら、きっと中学の卒業アルバムをめくって、あの少年たち一人ひとりの名前を書き込むだろう。そして彼の想像力を存分に発揮して彼らに苦しみをじゅうぶん味わわせたあと殺していくだろう。そうしてはじめて彼の恨みを晴らすことができるのだ。

あるいは殺人をテーマにしたホラー映画の物語のように、誰かによって催された小島での同窓会で、謀殺事件がすぐさま登場人物たちのすべてを巻き込んでいき、死神が彼らの頭上に降臨していく。哲浩は何度もこのようなシーンを脳裏に思い浮かべたものだ。時は流れても、傷はそう簡単には癒えないと彼は知っている。あの連中をやすやすと許すわけにはいかない。できることなら、暴力には暴力をもって制すで、あの連中の子どもたちに手をかけ、彼がかつて受けた痛みをその子たちに与えられたらと空想したこともあった。

けれども想像は結局、想像にすぎず、想像することではどうあがいても過去の痛みを取り去ることはできない。

哲浩は自分には勇気が足りないわけではないが、弱腰であることは理解していた。肉体の痛みがあの連中への恐れを彼に抱かせたのだ。たとえ彼のそばにいた多くの少女たちが仲裁に入ってくれても、結局は少年たちをますます容易に激怒させるだけだった。哲浩は教師や母親にも助けを求め、母親はあらゆる伝手（つて）を頼って学校が対応してくれるようにと願い出たし、教師も忍耐強く少年たち一人ひとりに対応してくれた。でも攻撃はずっと止むことはなく、彼はすべての少年たちの標的となったのだった。哲浩は母親に転校したいと訴えたが、母は彼の頑張りが足りないからだ、とずっと考えていた。おそらく父親がそばにいないから、ことごとく人を頼りにするようになって、それで同級生ともうまくいかなくなったのだと。それは違うと、子どもがどうやって母親を説得すればいいというのだろう。これは大人たちの想像より数倍も深刻な事態なのに。この問題はクモの糸のように彼にねばりつき身動きできないようにしてしまったが、手を差し伸べ解決できる者は誰もいなかった。哲浩は昔自宅の屋上に上って下を眺め、ここから飛び降りてしまえばいいんだと思ったことがある。彼は壁を乗り越えたが、飛び降りる勇気はなかった。もしも彼が死んだら、残された母親が一人で、まだ刑務所にいる夫と永遠に帰ることのない息子を待つことになってしまう。哲浩は結局泣きながら現実に向き合い、恐怖と向き合い、痛みと向き合ったのだった。

自分がどうやって生き延びてこられたのか、哲浩にはわからなかった。中学時代、彼は戦々恐々と常に逃げ続けていた。卒業式の前日の夕方、少女がまた彼にこっそり教えてくれた。少年たちは卒業式の後で彼を取り囲んで痛めつけるつもりらしい。これが最後になるから、全員に声がかかっていると。当日、母親がどんなに説得しても、彼が表彰されることにもなっている式への参加を断固として拒否した。母は教師に電話すると、数十分後には哲浩の家に教師が駆けつけ、身の安全は保証するからと繰り返すと、彼はようやく家を出て教師の車に乗った。車の中では、教師は口を開かなかった。教師が自分のことをめんどうな生徒と見なしていることを哲浩は知っていた。今日が終われば、もう教師のめんどうな存在ではなくなるのだ。彼は教師の横顔を見つめたが、家を出発してから教師は口を開くことはなかった。あるいは教師は心のなかでは彼のことを嫌ってもいて、だからこそ同級生たちが、あんなにも当たり前のように堂々と彼を攻撃目標にできたのだろうか。女子生徒といっしょに遊んでいたから？　父親が刑務所に入っていたから？

それとも彼と自分たちとの間の違和感に気づいたから？　愛慕のまなざしは結局挑発と見なされ、伏目がちな視線は軽蔑と映ったのだ。彼が愛情と引き換えに受け取ったのは誤解と生傷だったのである。

卒業式はまるで終わりがないかのように延々と続いた。表彰される生徒が順番に壇上に上がる。彼は賞状を受け取って校長と記念撮影をしていても笑顔にはなれなかった。式のあとに何が起きるのかと恐れていたのだ。壇上から降りて席に着くと、こそこそと声が聞こえてきた。「あとでやつをやっちまおうぜ！」「あいつは自分をだれだと思ってるんだ？　教師のお気に入りなんだろ」「肝っ玉はもっと小さいと思ってたぜ。きょうのこのこやってくるとはな」「おまえらは前のドアを見張れ、俺たちは後ろを見張るから」こんな言葉がほんとうに存在しているのか哲浩にはわからなかった。自分の想像で聞こえるのか、あるいは夢の中で現実と無意識が混然一体となってしまったのだろうか。式が終わるとクラスごとに分かれ、教師が感傷的な言葉を口にすると、何人かの女子生徒が涙を流し、すすり泣く男子もいた。元気でね、また会おうと互いに別れの挨拶を交わすと、教師はみんなに気をつけて帰るようにと声をかける。

クラスの同級生はみな出ていってしまい、哲浩だけが教室に残った。教師が訊ねた。「どうして帰らないの？　来るときは私に送らせたけど、まさか帰りも送らせる気？　先生はこの後も仕事があるの。あなたの家は遠くないし、いつもは歩いて来てるでしょう？　気をつけて帰ってね」教師は彼の返事を待たずに教室を出ていってしまった。

教室はもぬけの殻になった。その場を離れなければ、閉じこめられてしまう。彼は教師に続いて外へ出た。なんとなく、階段や曲がり角、教室のなかに悪意のまなざしが潜んでいるように感じられた。彼は距離を保って教師の後についていき、不意の襲撃にびくびくしながら、注意深く進んでいった。と突然、母親が階段からハイヒールをカンカンと響かせながら目の前に現れたのだった。母親は言った。「校門のところで待っていたけどなかなか出てこないから、心配でたまらなかったわよ」

「今日は仕事じゃなかったの？」

「二時間の休みをもらってきたのよ。朝の様子を思い出して、心臓がずっとドキドキしちゃって、仕事どころじゃなかった。行きましょう」

母のそばに寄って、うなだれると涙がポタポタと落ちて、床に丸い水玉模様をつくった。校内のあちこちに潜んでいた少年たちは、草むらやトイレ、教室や掃除道具の保管庫、水桶や排水溝、階段……から出てきて後をつけた。彼は母親の車に乗り込むと、車はゆっくりと発進し校門を出ていく。少年たちが自分がどこに行ったのか探している様子を眼にして、とても可笑しかったが、でも声に出して笑えなかった。彼は黒い車窓越しに手を振った。母親はおそらく息子が同級生に別れの挨拶をしているだけと思っただろう。高校受験の成績が彼と少年たちとを分けたので、もう少年たちに会うことも、ごたごたもないだろう。少年たちは哲浩の顔を忘れてしまうかもしれないが、哲浩は少年たちのことをしっかり覚えているだろうと思った。

時間は哲浩の上を回り続ける。彼は大学に入り、恋愛を経験し、失恋して、台北で教職に就いた。恋愛して失恋し、また恋愛して失恋し、大学院に入り、恋愛し、失恋した。

二〇〇〇年はすでに過ぎたが、世界は相変わらず回り続けている。けれど、わけもわからずに世界が止まってしまった人だっている。それがＹだ。彼は大学院の指導教授に従って南部にいる

Yの保護者を訪問した。哲浩はそういえば長いこと実家に帰っていないと思い、そこで教授といっしょに南部に行くことにしたのである。教授はこの謎めいた死亡事故について道中ずっと話してくれた。教授のもとにはどこから入手したのかわからない様々な資料があり、それを寄せ集めて複雑ないじめ事件のファイルにしていたのだ。Yは物腰がやわらかく内気な性格だったためか、学校ではよく人の目を引いていじめに遭っていた。同級生のいやがらせが怖いので、授業が終わった後にトイレに行く勇気がなく、授業中に先生に断って一人でトイレに行くしかなかった。しかし、ある日の授業中、トイレに行っている最中に亡くなってしまったのだ。そして他殺か自殺か謀殺かなどと生々しい憶測を呼んだのである。

「あなたにはいじめられた経験ある？」教授は訊ねる。

「いいえ」哲浩は嘘をついた。たとえ同じような経験をしている人がいたとしても、何かをいっしょに背負えるわけでもない。すべては自分で消化しなければならない。あのことをなかったことにするなど彼にはどうしてもできないのだった。たとえトラウマが、その他の記憶の堆積によって、それほど目立たなくなったとしても。哲浩がどうしても理解できないのは、こちらが誰かを傷つけたわけでもないのに、あいつらはどうして自分を傷つけようとしたのかということだった。

彼はある日の昼休みの後、教えているクラスに戻った時のことを思い出した。生徒たちが大勢で机を囲み金切り声をあげている。彼が近づいてみると、一匹の白ネズミが手足を広げた状態で薄い板に釘で固定されている。露わになったピンクの腹部は両側に引っ張られ、笑っているような真っ赤な傷口をさらしている。むきだしの内臓が現れ、白ネズミは力なく喘いでいるが、心臓だけは激しく躍動している。「きみたちはなにをしてるんだ?」哲浩にはその声が自分のものではないように感じられた。荒々しく震えていたのだ。「誰がきみたちにこんなことをしていいと言ったんだ?」

彼は保護者に連絡したが、彼らは、子どもたちが勉強に対する好奇心を持つのは悪いことではないと考えていた。ほんとうに病的なのはもしかするとこの生徒たちではなく、自分の子どもはまともだと思い続けている保護者たちなのかもしれないと哲浩はぼんやりと感じた。保護者たちが病気なら、子どもには当然それが伝染して、いい方向に向かうはずがない。

「どうしたの?」教授が彼の思索を断ち切るように訊ねる。

「私は、理論的に言えば、いじめをする生徒のほとんどはその行為によって同輩の注目を集め、認められたいんだと思います。彼らは他者を支配するのが好きなんですね。角度を変えてみればリーダータイプの人間と言えます。他者がいじめのグループに参加するよう徐々に扇動していくにはどうすべきかよく知っているんです。クラスでこのような行為が出てきたとき、いちばん無力なのは教師のはずです。教師の側から見れば、いじめという現象をすぐに根絶することは絶対に不可能ですし、いじめを受けている側からすれば学校や教師に対応を求め続けても、対応する側の不興を買うことにもなるでしょう。結局、心穏やかに毎日同じようなことに向き合える人間なんていません。Yの先生もきっとYのことをクラスの悩ましい生徒と思ってたんじゃないでしょうか。ですからこの学校の教員も共犯者の一部を構成しているんだと思います」

「そうかもしれないし、そうでないかもしれない。ひょっとすると先生はいじめる側といじめられる側が歩み寄る落としどころを見つけていたかもしれないし、状況はまもなく徐々に好転していくはずだったのかもしれない。ただYにはたいへん不幸なことにあの事件が起こってしまったのね」教授は言った。

「事態が打開することはきっとないでしょう」

「一人の教育者として、生徒はよくなるはずだという確信と期待をあなたには持ってもらいたい。あなたの考えはたぶん知らず知らずのうちにクラスの子どもたちに影響をあたえているはず。でもあなたにはわからないのよ。私が前から感じていたのは、あなたはいじめという問題を避けているということ。つまり、生徒がいじめを受けていることを重視しているようなのに、解決のプロセスで挫折してしまうと消極的なほうに簡単に流れてしまう。だから私はあなたに……」

「先生、一つ質問してもよいでしょうか?」

「いいわよ」

「もしクラスのある生徒が、その行いが悪いせいでクラスメートから嫌われていたら、誰かが謀ったわけでもなく彼らは期せずして同時にこの生徒を嫌っているわけです。その場合この生徒は自業自得なのか、それとも理由もなくいじめられているということになるのでしょうか?」

「Aという原因がBという結果を導くのかもしれないけど、その後Bという結果がもっと大きなCという事件を引き起こすかもしれない。この生徒の性格つまりAという原因によって、クラスメートが彼を嫌うようになるBという結果を生み出したというような感じね。でも続いてクラスメートが一緒になってこの生徒の悪口を言い始めたり、あるいはひそかに彼をのけ者にしたりするようになれば、容易にほんもののCという事件を引き起こすかもしれない。それこそがつまりいじめ行為ね。問題のある生徒を指導してクラスの雰囲気に溶け込ませるというのも、いじめを根絶する方法の一つだと思う」

「先生、悪気はないんですが、理論と実際の教学経験には相当に開きがあると思っています」

「確かにその通りだと思う。どんなふうに理論を使うかということを考えるよりも、むしろ教師はほんとうに生徒たちを愛しているんだということを彼らに感じさせてあげるほうがいい。愛情をもった生徒は簡単に人を傷つけるようなことはしないわ」

「どうすればいいんですか？」

「昔、私の先生はね、教室で私たちにこう叫ぶのが一番のお気に入りだった。『先生はみんなのことが大好きだ、みんなまっとうな人間になるんだぞ』最初はなにも感じなかった。でも長く続くと催眠術にかかったみたいになって、先生は本当に私たちを愛していると思うようになったわ。それに私は先生を愛するためにもがんばってその先生の科目ではいい成績を上げようと思ったの。保護者の多くが与える愛は、成績がいいから、賢いから、だから愛してあげるという条件付きのもの。あなたは無条件で生徒を愛さなければならない。それではじめて彼らの心を動かすことができるんだから」

哲浩はここでようやく自分の最大の問題はどうしても人を愛せないことなんだということに気づいた。じゃあどうやって生徒たちに愛について教えることができるというのだろうか。

目的地に着くと、教授は学校の教師たちから詳しく話を聞き取り、哲浩が傍らで手伝い、記録していった。学校側が繰り返しきれいごとで取り繕うのを耳にしながら、哲浩は昔のことを思い出すのだった。彼の教師も全力でこの件に対応することをなんども彼の母親に保証した。教師は暗に哲浩の性格が原因でもあるかもしれないと匂わせたので、母親はただ謝りながら今後ともよろしくお願いしますと言うしかなかった。哲浩には想像できる。Yの母親もきっと彼の母親と同じだったにちがいない。ただ彼はYよりもずっと幸運だったということだ。だって彼はまだ生きているんだから。時間がYの頭上を回ることはもうない。Yは高校にも大学にも行けない。恋愛や失恋もできない。大学院への進学もできない。恋愛、失恋、恋愛、失恋と繰り返し、また失恋することだってできないのだ。

学校の教師が教授を事故現場へと案内した。哲浩は生徒指導室でYの写真を目にして、当時の自分と少し似ていると思った。憂鬱でおびえたようなまなざし。教師が説明してくれるのは新聞や雑誌でも読めるようなことばかりだった。哲浩は心のなかで叫んだ。「ぜんぶ罪を逃れるための言い訳じゃないか」

学校を後にすると教授が言った。「明日は個人的な予定が入っているから、明後日Yの母親に会いに行くわ。あなたは実家に帰ってゆっくり休んでね」

哲浩は疲れを感じていた。体を引きずるように実家に戻ると、父親はおらず、母親だけだった。台所に立つ母親の寂しげな後ろ姿を見て彼は泣きたくなった。何を食べたいのと母親は訊くが、とにかくちょっと休みたいんだと答えるだけだった。目を閉じて、少年Yの不幸な境遇を思った。

写真のリアルなイメージが強烈で、自分も顔中涙でいっぱいになって夢の中に登場しているかのようだった。彼はもじもじしている様子のＹがそばに立っているのを見て、「どうしたの？」と訊ねた。

Ｙの返事はない。

画面は彼の中学時代に切り替わった。少年たちはわざと教室の外を行ったり来たりして、わめきたてるように言う。「先生がかばってくれるからって調子に乗るんじゃねえぞ」放課後、少年たちはわざと彼にぶつかってきてにらみつけると「くそったれ！　文句あんのか」と言い放った。卒業式の日、少年たちは大勢で校門に居並び、彼を通さないつもりだった。夢には母親は現れず、彼はネズミのようにどこに隠れたらいいかわからなかった。画面はまた切り替わり、Ｙが一人で教室に座っている。黒く塗りつぶされた者たちが周囲を取り囲んで口々に「おかま」「ニューハーフ」とはやし立てる。修正液でＹの教科書に「変態」という二文字が塗られる。彼はＹの姿が教室を出てトイレに向かうのについていった。ある者はＹを押しやり、ある者はＹのズボンを脱がそうとする。そしてたくさんの者がそばで見物しながら笑っている。彼だけが夢の中で大声で怒鳴っていた。「笑うな」

目が覚めると、シーツは汗でぐっしょりになっていた。彼は自分の叫び声にびっくりして目が覚めた。夢のなかの興奮がまだ収まらず、哲浩は震えていたが、それが恐怖からなのか怒りからなのかわからなかった。彼は、学校で生徒たちが繰り返し密告しにやってくるのにうんざりしている自分のことも考えていた。「だれだれが私にこんなことをするんです」毎日毎日、彼の人生はそんなくだらないことのなかで虚しくすり減っていくのだった。彼は突然、中学の時の教師が彼に向けたまなざし、彼のことを厄介な存在とみなすようなまなざしの意味を身に沁みて理解できたのだった。自分はもしかして以前疲れているときに、助けを求めてきた生徒に同じようなまなざしを向けてこなかっただろうか？　自分はいまいろいろなことを理解できるようになり、じゅうぶんな支援があって人生の些末なことにも対応できるというだけで、生徒たちの問題をだいじなことだとみなさなくなってしまったのではないだろうか？

自分はいったい生徒たちに借りがあるだろうかと仔細に考えてみた。クラスにいじめはないが、たまにいざこざが起きることもある。思春期のくだらない騒ぎのように、相手が何か言い間違いをしたから無視するとか、何か行き違いがあって友達づき合いがなくなってしまうとか。それらの積み重ねのなかにいじめが隠されているのか、それとも本当のいじめなのか。哲浩はノートパソコンを開いて、文字を打ち始めた。

親愛なる生徒のみなさん

手紙を送るのが遅くなってしまいすみません。みんなは最近のニュースでY君の事件についてもう目にしているだろうと思います。彼は物腰がやわらかく内気で、学校ではよく仲間外れにされたりいじめられたりしていました。Y君はなにも悪いことはしていないのに、不慮の事故で亡くなってしまったのです。もしかすると彼を傷つけた同級生たちは、これは予想外の事故にすぎず、自分には関係ないことだと思っているかもしれません。もしかするとこの事件と関わりがあったと感じ、申し訳ないと思っているかもしれません。彼らじしんの他に、彼らの思いを知る者は誰もいないのです。けれども子どもを失った母親がきっといちばん傷つき悲しんでいることでしょう。

先生は縁あってこの学校を訪問し、Ｙ君の先生や主任教員、校長先生に会い、Ｙ君が亡くなったトイレも見に行きました。校内には都合の悪いことは見てみぬふりをしようという空気が充満していました。みんなは努力してＹを援助してきたが、残念なことにこの事故が起きてしまったというような感じでした。

ひとつのエピソードを紹介しましょう。以前、ひとりの少年がいました。みなさんと同じ年齢の頃、運動が嫌いで、物静かで、学校ではいつも女子といっしょにいました。そんな状態が続くと校内の他の男子生徒から嫌われるようになったのです。その時少年はどうすればよいかわからず、母親に助けを求め、先生に対応を求めました。けれども事態は根本的には解決されず、男子生徒たちは相変わらず機会を見つけては彼をいじめていたのです。ひとりの少年にいったいどんな方法があるというのでしょうか？　彼はすべきことはし尽くしてしまい、出口のない洞窟のなかに閉じ込められてしまったようでした。ある日、少年は死のうと決心します。けれども自分の母親のことを思い、ばらばらになった肉体を思い、あきらめることにしました。そして自分に言い聞かせたのです。人に頼られるような大人になろう、生徒たちが信頼できる教師になろうと。

ありきたりなエピソードですが、その少年がみなさんのいまの先生、つまり私なんです。先生は自分はまだじゅうぶんに頼りがいがあるとはいえないと思っています。もしかしたら、似たような問題に出くわした時、先生は重大な問題をささいなことだと矮小化したり、ささいなことはなかったことにして、穏便に済ませたいと思っていたかもしれません。けれども今回、Y君の先生を訪ねた経験からわかったのは、それは間違いだということです。生徒の犯した間違いがいじめ行為になった時、私たちの誰もが勇気をもって立ち上がり生徒を諫めなければならないのです、「これは間違った行為だよ」と。

先生はナチス時代を生き延びたニーメラーという人のことを思い出します。牧師だった彼はとても有名な言葉を残しています。「ナチスが共産主義者を逮捕した時、私は沈黙を守った。私は共産党員ではなかったから。彼らが社会民主主義者を投獄した時、私は声をあげなかった。私は社会民主主義者ではなかったから。彼らが労働組合員を迫害した時、私は立ち上がらなかった。私は労働組合員ではなかったから。彼らがユダヤ人を強制収容所に閉じ込めた時、私はなにも言わなかった。私はユダヤ人ではなかったから。そして彼らが私を逮捕しに来た時、もう誰も私のために立ち上がり声をあげてはくれなかったのだ」

親愛なる生徒の皆さん、黙っていることは中立を意味しません。それは共犯です。

みんなの命はすべて尊重される価値をもっているし、理解され、受け入れられ、愛されるべきです。もしかしたら皆さんはどうすればいいのかじゅうぶんにはわからないかもしれない。でも大丈夫、先生にだってわからないことはあるんです。一緒に努力して勉強していきましょう。Y君のような悲劇を私たちの周囲、あるいはもっと多くの人々の間で繰り返さないためにも。

同級生を傷つけようとする時、考えてみてほしいんです。そんなふうに自分の大切な人を傷つけたいと思いますか？　同級生が傷つけられているのを目撃した時、考えてみてほしいのです。自分の大切な人をそんなふうに傷つけられてもいいと思いますか？　私たちはひとつのクラスという家族です。誰かを傷つけたり、誰かに傷つけられたりしてはいけないんです。

いずれにせよ、もしかしたらこれまでに誰かの気持ちにきちんと寄り添えなかったかもしれないことを先生は申し訳なく思っています。よければ、手紙を書いてくれてもいいし、先生のところに来て話をしてくれてもいい。このようなことは誰の身の上にも起こしてはいけないのです。一人ひとりがみんなご両親にとっての唯一無二のだいじな子どもなのです。みんなが傷つけられているのを見たらご両親は刃物で刺されたかのように悲しむでしょう。ご両親を悲しませないでください、そして他の人のご両親も悲しませないでください。

平穏で楽しい生活を祈ります。

皆さんのことが大好きな先生より

哲浩はパソコンを閉じて、書架に置かれた中学の卒業アルバムを開いた。自分のクラスの同級生の多くの顔が黒く塗りつぶされている。黒く塗られているのは、二度と会いたくもない人間たちだ。目を閉じるだけで、それらの顔はぼんやりとまだ思い浮かべることができる。自分はもう二度とあの当時に戻って自分のためになにかをすることはできないとわかっていた。けれども自分の生徒たちのために努力すべきことだってあるのだ。現実にはデスノートなんて存在しないし、名探偵コナンや金田一少年の鬼火島殺人事件なんていうものもない。たとえ生徒があのいじめっ子たちの子どもだとしても彼が報復するはずもない。ただ、彼のような、少年Yのようないじめに遭う子どもを一人でも減らすことができれば、ただ子どもたちが幸せに成長してくれさえすれば、すべては、それでいいのだ。

阿美！

阿美！

彼の父親は植物のように、家の中で生きている。

母親が大黒柱だが、ずいぶん年老いてしまった。

家には両親と彼、そして父親の身の回りの世話をするフィリピン人のお手伝いが暮らしていた。

母親は彼女を阿美（アビー）と呼ぶ。台湾語で発音すると、母親が猫の鳴きまねか猫を呼んでいるように聞こえた。阿美は声がかかればいつでもできる限りすぐに現れるようにしていた。けれども一つの家に女二人は収まらないようで、母親は遠回しな不満をけっこう持っていて、阿美はどうしたって合格点には達しないとずっと感じていた。彼は自分の母親のことはよく理解していた。母親はいつも基準が高すぎて、誰が来て仕事を担当しても、最終的には似たり寄ったりの終わり方になる。しかも母親は、彼が父のために申請しているのが住み込みの介助者で、病人の世話以外のことを求めるのは違法であることをわかっていないのだ。けれども母親はずっと阿美を外国人のお手伝いとして働かせていた。阿美は愛想がよくて、怒ったりすることもなく、にこにこと母親の要求に応えてくれていた。そういうこともあり、彼は毎月阿美には小遣い銭として一万元多めに渡していたし、仕事で身動き取れない場合を除いて、日曜日には必ず自ら両親の世話をして、阿美にはゆっくり休んでもらうようにしていた。母親はぶつぶつと言う。「私の時代には、使用人の休みなんて正月だけだったよ。いまはよくなったもんだわね、毎週のように休めるなんてさ。家事は終わったのかい？　そんなにのんびりしちゃっていいの？　物見遊山にだってでかけられるんだからね」

「母さん、阿美の仕事は父さんの世話を専門的にみることなんだよ。皿洗いや洗濯、食事の支度や掃除は彼女がするべきことじゃないんだ。彼女は好意でたくさん手伝ってくれてるんだよ、彼女にはちゃんと感謝しなくちゃいけないよ」

「時代は変わったねえ。いまじゃカネを払う方が、カネをもらう方に感謝するんだから」

「そうだよ、母さん、父さんの世話をしてくれる人が一人増えたら、母さんだって少しは楽になるだろう。それに証厳（しょうげん）法師［台湾の著名な尼僧。慈済基金会創設者］も仰っているじゃない。『労苦を厭わずに差し出すこと、それが慈悲である』ってね。阿美は毎日怠けることもなく頑張っているじゃないか。だから母さんだって果報に恵まれているっていうことだよ」

　彼には母親の性格がよくわかっていた。口は悪いが気は優しいのだ。母が敬服している証厳法師や聖厳（せいげん）上人［台湾の著名な僧侶。仏教団体法鼓山創設者］の言葉を繰り出しさえすれば、母親はすぐにおとなしくなる。

　彼は父の脚をマッサージしてやりながら母親と話した。母はふりむいてひとしきり日本語を話すけれど、父親の反応はやはりなく、静かに天井を見つめているだけだった。小さいころから、母が父に話をするとき、彼や弟や他の者にはわからない言葉をよく使っていた。母はくどくどと、長い長い話を終えるまでやめない。彼が物心ついた時から父親はずっとこの状態だったので、以前は父親がどうしてひと言も言葉を発しないのか不思議だった。青春期のように麗しい母親はこう言った。「お父さんはぼうっとしているのよ」

一年春夏秋冬、父親はずっとぼうっとしているので、若い母親は作男を雇って田畑の世話をしてもらい、近所の女性たちにもお金を払って家や父親の世話を手伝ってもらっていた。朝には父を屋外に連れていっては日向ぼっこをして、天気が悪ければ、玄関の壁によりかかって雨を眺め風の音を聴いていた。時が流れても、父親は相変わらずだったが、彼と弟の背丈は伸び、青春を軽やかに駆け抜けていった。そして家業も母親の差配で、農業から商売に至るまでますます繁盛した。弟は小さいころからおばにべったりで、母親では手に負えず、思いきって弟を独身のおばのもとにやって世話をしてもらうことにしたのだった。そして兄弟は二つの家に分かれて暮らすことになった。弟の性格は荒っぽくて過激なので、父親のいない家庭には荷が重すぎる。でもおばには技量があるから、きっと弟をちゃんと躾けることができる。母はよくそう言っていた。母は望みを彼ひとりに託したので、全力で駆け抜けるしかなかった。母親を悲しませないように、彼じしんが他人から軽蔑されないように頑張り続け、正式に弁護士事務所で仕事を始めるようになってようやく、その歩みを緩めたのだった。

しかし振り返って気づけば、弟にはすでに自分の家庭があり、母親は年老いて、父は相変わらずの状態だ。いっとき父は生き返ったように、暗がりに隠れてひっきりなしに何かを書いていたことがある。書いたものは誰にも見つけられなかった。父親は誰もそばに近づけず、文字をごくごく小さく、眼をほとんど紙にくっつけるようにして書いていた。母親と彼は、父が寝ている間に家じゅうを探したが、その紙を父がどこにしまい込んだのか、誰にもわからなかった。父は書き物を始めて長い時間が経った後、突然また書くのをやめ、静かにもう一度植物状態へと戻っていった。彼はよく思っていた。父は死を待っており、母は父を待っている。そして彼と弟はまた、両親が自分たちのことをちゃんと見てくれるようになる日を待っていた。弟はとっくの昔にあきらめているが、彼だけはその日を待ち続けている。

ここ数年、彼は老いを待つ身となったし、母親はまだ元気そうではあるが、父はますます枯れた植物のようになって、ベッドに横たわって動くこともない。彼が在宅介助を申請し、阿美がやってきてからは、家の中はかなり賑やかになった。阿美は二十歳そこそこで、彼のことはだんなさんと呼び、両親のことは、おばあさんおじいさんと呼んだ。彼は自分の歳を数えてみて、もしも家庭をもって子どももいたなら、こんな年頃になっているだろうと思った。長いこと、縁談を取り持とうという人はいたけれども、繰り返しその機会を逸した結果、自分は一人ぼっちになってしまい、両親の世話が彼の人生の最重要事項となったのだ。いまは、手伝ってくれる人ができて、時にはかえって自分の時間をどうやり過ごせばいいかわからなくなることもある。外に出ると、多くの外国籍介助者が車椅子を押しているのをよく見かける。車椅子にはさまざまな老人が座っている。居眠りしていたり、笑っていたり、無表情の人もいれば、ぶつぶつ文句を言っている人もいる。外国籍介助者たちは阿美と同じような歳のころで、老人たちはまるで彼女たちのペットか子どものようにおとなしくしている。そして彼女たちは国籍によってそれぞれ場所を選び情報交換している。夕方、彼は文化センターまで散歩した。多くの外国籍介助者たちが通路の暗がりにいるのが目に入った。彼は二階の図書館入り口のところで階下を眺めながら、毎日毎日老人たちはインドネシア語やタガログ語やタイ語を繰り返し聞かされ、外国籍介助者たちがいったい何を話しているのかもはや理解しているのではないか、と心のなかで思った。

　彼はすでに六十歳となり、もしかするとあともう少しすれば、自分が車椅子に腰かけるほうになるかもしれないと思った。ただ彼には子どもがいないので、この問題に手を貸してくれる人はいない。幸い彼は弁護士であり、早々に自分のために信託手続きを済ませていたので、万が一のことがあっても、彼や両親の世話をどうするかについては心配ない。弟には自分の家庭があるとわかっていたし、他人に迷惑をかけたくはないので、自分でなんとかできればそれに越したことはない。小さいころ、母親が家族の物語を教えてくれた。彼の体にはあの父親の血が流れているのだと。弟は革命の実践者となり、彼は公理の追求者となった。若いころはカネ稼ぎに忙しく、公平や正義の問題は彼にとっては余計な仕事に過ぎなかった。いまはもう三度の食事に困ることもないし、初心に戻って多くの団体や個人のためにボランティアで仕事をするようになった。だれにでも多くの物語があるものだが、昨年の高雄地下鉄外国人労働者抗議暴動事件のために行った弁護活動は一部がまだ続いており、その過程で彼は故郷を離れた人たちのそれぞれの心中の悲哀を理解できた。ただ多くの人たちはまだ上から見下すような態度で外国人労働者を見ているのである。以前、台湾には自由はなかったが、いまではほんとうの自由を手に入れることができる。しかしその自由は権力を増長させ多くの人を窮地に追いやってもいる。

ある週末の晩、阿美は家に戻ると、口ごもりながら言った。「だんなさん、お時間ありますか？」

阿美はふだん彼に愚痴をこぼすようなことはなく、ほんとうに困ったときでないと口を開かない。彼はまじめに訊ねる。「うん、どうしたんだい？」

阿美は語彙の限られた中国語に英語をはさみながらこと細かく説明した。台湾に嫁いできた同郷の女性が、夫に愛人ができたために離婚を迫られている、けれども彼女はまだ身分証を手に入れていない、しかも家庭内暴力に遭っている証拠を提出することができない、夫側は強硬に子どもの共同監督保護権を彼女に与えないようにしている、それは彼女に強制的な帰国を迫っているに等しい、様々な不利な条件が彼女を袋小路に追い込んでいる、と。阿美は言った。「だんなさん、彼女を助けてもらえないでしょうか？」

平和（ピンホー）は状況を理解した。彼は多くのケースを手掛けたことがあるが、どれも大同小異で、売買のような婚姻だった。原告被告の双方にそれぞれ言い分はあるかもしれないが、結局は喧嘩別れとなり、しかも損害を被るのは往々にして外国人配偶者の方である。身分証がないために仕事探しが困難となり、居留権を申請することも難しい。これらの問題は一つひとつが入り組んでいるので、弱者である外国人配偶者の方がいつも窮地に追い込まれてしまうのだ。

「友だちはどこに住んでいるの？」

「前鎮（ぜんちん）のあたりです」

「彼女の連絡先はわかる？」彼は訊ねた。

阿美はあらかじめ準備していたメモを取り出した。そこにはアルファベットで書かれた彼女の名前と電話番号が記されていた。

「明日は時間をとれるから、彼女にここに来てもらったらいい」

「だんなさん……」阿美はなにか言おうとして口ごもってしまった。「彼女は弁護士にお願いしたらいくらくらいかかるのか知りたいんです」

彼は笑って、首を横に振りながら言った。「費用のことは心配しなくていい。僕がまず全体の状況を把握して、このケースにどう対応すべきか考える方が重要だ」

カネ？　彼はとっくにカネのために仕事をする必要はなくなっている。いまやっているのはただ社会のために尽くすことだけだ。母親の語る父は強大な権力に恐れることなく、ペンでもって戦った。結局は痴呆という結末にはなったが、でも母親の心のなかでは永遠の英雄なのである。彼には妻はいない。母親の英雄は一人だけだ。彼はがんばって他人にとっての英雄になるほかない。彼は弱い立場の人々のために戦い、時には戦場で負けることだってあるが、彼らはそれでもしっかりと彼の手を握り、彼が差し伸べた援助に感謝してくれた。時には同業者が陰で悪く言うこともあった。いい歳をして、まだ売名行為に勤(いそ)しんでいる、と。言葉は武器になって、一撃で彼を倒すこともできる。毎回の死に長く長く苦しんだとしても、何度でもよみがえるのは、まだ多くの人が彼の助けを待っているからである。

もしも母親が知ったら彼のことをきっと心配するだろうと彼は思った。「そんなに苦労するのは何のためだい？　それでカネにはなるのかね？」

小さいころから母親は天そのもので、一刻の暇もなくあれやこれや指図してきた。まるで何かに必死で対抗しているかのようだった。母がそれをやめるのは叱るときと寝ているときか、もしくは父と二人きりのときだけだ。母はあのころ一人でよく父にたくさん語りかけていた。彼は、柱の陰に隠れて理解できない日本語を静かに聞いていることもあった。母親はとても苦労しているので、自分が早く大きくなりさえすれば、母は父親のそばにつきそってやれる、彼はそう思っていた。母親は彼と弟には家のことはさせず、勉強に専念させようとしたので、彼は母の言葉に従い、日がな本と向き合っていた。しかし弟は一日じゅう塩埕区で商売をしているおばのもとに入り浸っていた。弟は華やかな世界が好きで、勇気があり外向的だ。けれど彼の方は母親が口にする外の世界がまるでいい人間などいないようで恐ろしかった。母は頼れるのはカネだけだと思っていた。

カネはもう手に入れた。カネは彼にはそれ以上のものをもたらさないが、母親が安心して暮らしていくことはできる。

彼はデスクで抱えている案件を検討していた。年をとればとるほど公文書に目を通すのは神経が疲れる仕事だ。彼は眼鏡をはずし、眉間を揉んでリラックスしようとした。だが彼は待つことができても、多くの案件は待ってはいられないということにすぐに思い至った。時間を引き延ばせば、多くの事情が変わってしまう。彼はいくつかの社会団体や女性団体とともに外国人や大陸出身の配偶者に関わる一連の支援策の推進を願ってきた。多くの女性はほとんど売買や詐欺まがいのやり方で台湾に連れてこられ、文化や言語、そして想像と現実の落差に直面し、彼女たちは求めても助けを得られない状況につねに置かれていた。一九九二年に大陸出身配偶者の入境が解禁されてから、多くの問題は遅々として解決していないし、多くの外国人配偶者の子どもたちはすでに成長し、それまでは抱えてこなかった家庭や教育問題にも向き合わなければならなくなったのだ。

革命は未だ成功していない。彼とその同志たちは引き続き努力しなければならない。

彼は部屋を出た。寝る前に両親の様子をみて、問題ないと確認できたら安心してまた部屋に戻るというのが日課になっている。母親は徐々に年老いていき、父親に加えて母の世話をするのは、彼の能力をすでに超えていた。家に阿美が手伝いに来てくれるようになってからは、彼の負担もかなり減った。阿美は強健で、男に勝るとも劣らない。一人で父親とその他の生活のあれこれを支えることができる。彼は阿美に感謝していた。彼女を介助者やお手伝いではなく、ほとんど菩薩のように見なしていた。

阿美は色黒で、顔のほりが深く、人には優しく穏やかに接し、進んで仕事をし学ぼうとした。中国語と台湾語のバイリンガルで、母親の生活のあれこれに対処しても余裕しゃくしゃくだ。ご近所さんがたまにやってきて母とおしゃべりし、阿美はどうやら路地の入口で麺を売っている阿虎と楽しそうに話しているようだなどと言うこともある。母親はそれを聞くと彼に文句を言うのだ。「女なんだから、はしたないまねはしちゃだめなのよ」

彼は助け舟を出した。「阿美は賢いし弁も立つ。会う人みんな褒めてるじゃないか。阿虎はまだ結婚していないだろう。もしも彼女と結婚するならいいことじゃないか」

「地黒の嫁をもらったりして、それでいいわけ？　生まれた子どもが知恵遅れになったりしない？」母は言った。

「そんなことあるわけないよ！　研究によれば混血児の知能指数はかなり高いそうだよ。それはいまの政府が外国人の配偶者に教育や就業の機会を与えていないからさ。政策がもっと整えば、台湾にとってはよくなるばかりだよ。それに今はどんどん子どもを産まなくなっているしね」

「だからあんたは反省しないとダメよ。そんな歳になって、嫁もらわなけりゃ、子どもだっていないいんだから」

「母さん、こんな歳になったんだから、もういいじゃないか！　母さんたちを面倒見るほうがだいじなんだから」

「阿美がいるんだから心配しなくていい。気になる娘がいたら積極的にならないとダメよ、わかった？」

　彼は頷いたが、とっくに結婚して子を持つ年齢は過ぎていると思っていたし、もしもいい人が見つかっても平穏に暮らしていければ彼はそれで満足だった。毎年の年越しや祭日には、弟が嫁と甥っ子をつれて挨拶しに帰ってくるが、自分は本当にどこかに隠れてしまいたいとさえ思うこともあった。

　翌日、阿美は友人の珍妮（ジェニー）を家に連れてきた。彼女の中国語は流暢で、ことのいきさつをたくさんの涙と鼻水とともに話した。珍妮は平和に訊ねた。「先生、私はどうしたらいいんでしょう？」

「私が手掛けたケースを参考にすれば、いまいちばんだいじなのはまず仕事を見つけることです。

仕事が見つかれば、裁判でも自分に有利になります。しかしたとえ仕事があっても、子どもの保育料にどれくらい捻出できるかを考慮する必要があります。そうすれば仕事中にも子どもの面倒を見てもらうことができますから」

「子どもは自分のもとに置いておけます。仕事をしながら世話をしますから」

「それはいけません。簡単に言うと、つまりあなたの収入で保育料をまかなえるかどうかということなんです。もしもまかなえないなら、裁判官はおそらく保護監督権をあなたに与える判断はしないでしょう。子どもの成長に影響を与えると考えるからです」

「いま仕事は持っています。以前は、子どもは前夫の母親が見てくれていたので……保育料って……どれくらいかかるんでしょうか?」

「私にはいまちょっとしたアイディアがあるんです。姉妹合作社のようなモデルを活用できるんじゃないかと。みんなで助け合い、誰かが保育を担当するか、共同で資金を出しあって保育者を雇うというシステムです。一方では就業機会を作れるし、もう一方では保育料の支出を抑えることができる。そうすればいくらかは裁判で有利になると思います」

「けれど離婚を強制されてから、私は前夫の母に追い出されてしまったんです。それに今後もし家に近づけば、私が違法居留者だと通報すると言うんです」珍妮は言い終わるや泣き出した。

「離婚して十日以上経過していますか? いまあなたはどこに住んでいるんです?」

「三日です。いまは小さな旅館に泊まっていますが、これから先どうすればいいのか自分にもわからないんです」

「だいじょうぶですよ。あと一週間もあればすべて処理できます。何の問題もないはずです」
「先生、私は台湾に残りたいなんて高望みはしません。本当なんです。私と子どもはフィリピンに帰国させられてもかまわないんです。私はただ子どもと一緒にいたいだけ」珍妮は話しながらとぎれとぎれに涙を流し、もともと慰めるはずの阿美のほうも一緒になって大泣きした。平和は眼を赤くして慰めた。「まずは子どもの監督保護権を得てから考えましょう。台湾に留まるかどうかは、あとでご自身で決められたらいいですよ」

平和は珍妮に、翌日にどんな資料を申請する必要があるかを伝えた。きちんと説明した後、自分の弁護士事務所に戻り、助手に関連資料を集めて法廷闘争に備えるように指示した。すべてはひっくり返された砂時計のようで、時間は人を待ってはくれない。砂粒がすべて落ちてしまったら、彼らは強制的に台湾から追い出されてしまうだろう。彼は彼女たちと一緒になって同時に駆けっこをしているようなものだ。自分はもう歳で走れないと思うときもあるが、あの涙がうねりとなって彼を押しあげ、一歩でも多く足を上げて力の限り前に向かって走らざるをえなくなるのだ。

夜帰宅すると、母が言った。「阿美と路地の入口のあの麺屋の店主阿虎なんだけど、週末いつも一緒にいるみたいね。そんなふうだとあの子の仕事に響かないかしらね？」母親は心配そうに訊く。

彼も気づいていた。阿美はますます麺屋に足繁く通うようになり、彼も路地で阿美と若い店主が親しげにしているのを目にすることがあった。彼の眼には恋人同士に映ったし、二人の笑顔を

阿美！　阿美！

見ていると自分も幸せを感じるのだった。彼ら故郷を離れた外国人労働者や新移民は、他の人よりも苦労が多いものだし、加えて多くの人の偏見が、彼らの台湾での生活をより困難にしている。阿美のような年頃の女の子は、おそらく恋愛など経験もせずに、台湾にやってきて仕事をしているることだろう。以前は外国籍介助者はまだ少なく、彼女たちの友だちも多くはなかった。最近ではどのビルにも多くの外国籍介助者やメイドが現れて、互いに生活のあれこれの情報やつらいこと楽しいことを交換している。平和はいつも自分から笑顔を向けたり挨拶をするが、時間が経てば彼女たちも温かく向き合ってくれる。平和はよく思った。自分のささやかなふるまいで彼女たちが台湾人の優しさを感じてくれたなら、誰それの友だちが不公平な待遇を受けているといった類の事件を耳にして、台湾は長く安住できるところではないと彼女たちが思ってしまうようなことは、なくなるのではないだろうか。

「母さん、そんなことはないよ。あの店主は愛想がいいし、仕事もまじめで、商売も繁盛している。いまは店主と母親が二人で麵屋を切り盛りしているけど、もしも阿美が彼と付き合って嫁ぐことになるなら、すばらしいことじゃないか！」

母親は突然沈んだ表情になった。「ほんとうにそうなったら、お父さんは誰が面倒見てくれるんだい？　阿美は仕事をあんなに勤勉にやってくれたけど」

「母さん、『品物が悪いとケチをつけるのは、見る目がある』ってことだね。今頃ようやく阿美の良さに気づいたの？」

「わかってるわよ。しっかりと目を光らせて、しつけがなっていればね、あの子は外で仕事してもバカをみるようなことにはならないわよ」

「だいじょうぶだよ！　阿美の仕事ぶりはほんとうに評判がいいんだ。隣近所で知らない人なんていない。どうりで麺屋の店主が彼女を好きになるわけだ」

「もしも阿美がほんとうに嫁いでしまったら、これから先、誰がお父さんの面倒を見るんだい？　それに私はそんなことには慣れないわねえ……」母はためらった後正直に言った。「寂しくもなるわよ！」

「母さん、聖厳法師が『幸せとは得ることではなく、手放すことだ』と仰ったでしょう。阿美はあんなにいい子で、我が家のためにあんなに働いてくれた。母さんはあの子がもっと多くの人を助けられるように祝福してあげなくちゃ。父さんの件は僕が新しい介助者を申請するから、母さんは安心して。阿美はもう家族のようなものじゃないか。すばらしいことなんだから彼女のために喜んであげるのが正解だよ」

「わかったわよ。でなきゃ阿美に訊いたっていい。あの子にその気があるんなら、あんたが仲をとりもってやんなさい！」

「母さん、母さんがやった方がいい。生姜は古い方が辛いって言うだろう。阿美はほんとうに母さんのことを自分のおばあさんのように、父さんのことは自分のおじいさんのように世話してくれている。母さんがもしもあの子のために仲をとりもってあげたら、きっと大喜びだよ」

「あんたは頼りにならないね！　わかったよ、私がやるから」母親は文句を言いながらも嬉しそうな口調だった。

彼は彼女たちを導いて時間との戦いに打ち勝った。珍妮は順調に子どもの共同監督保護権を獲得し台湾に残ることになった。しかし手がけるケースのすべてがこんなに首尾よくいくわけではない。本国に強制送還された後、正規のプロセスを踏んで子どもに会いに台湾に来るしかない者もいたし、裁判が続いているケースもあった。これは長い長い道のりなのだ。制度はいつになればより改善され、より人道的で時代の変化に追いつくのか平和にはわからなかった。

阿美の結婚にあたって、母親は、彼女の家族をフィリピンから招いて旅行がてらに式に出席してもらった。結婚式の当日、母親は真っ赤な衣装に身を包み、仲人席に腰かけ、金のネックレスもわざわざあつらえて、阿美を自分の孫娘として送り出したのだった。阿虎は阿美を褒めたたえ、さらに半ば冗談半分にこう言った。「阿美には弁護士先生の後ろ盾がありますんで、僕はいっしょうけんめい彼女の世話をしたいと思います。彼女が帰って不満をこぼすようなことがあったら、僕が悲惨な日に遭っちゃいますから」

客たちは笑い声をあげた。

平和はもう一人別の外国籍介助者を申請したが、先方が台湾に来るのを待つ間、阿美は帰ってきて平和の両親の世話を手伝ってくれた。相変わらず「だんなさん、おばあさん、おじいさん」と呼びかけながら。母親も阿美を自分の孫娘のように接したので、平和は、まるで家族が増えたようで、すべてうまくいっていると感じた。彼が以前手助けしたケースの人たちも、ときどき自分の子どもをつれて近況報告をしてくれた。平和は、少しでも阿美のフィリピンの実家の助けになればと、おひねりを彼女に渡す習慣があったが、阿美はそれを台湾で働いていて緊急を要する同郷の姉妹たちに寄付していた。他にも、社会局のボランティアに参加して通訳を手伝ったり、家では麺屋の手伝いもして、八面六臂の活躍でいつも忙しくしていた。阿虎の麺屋にはフィリピンの風味が加わって、商売はますます繁盛した。そこで店の拡張をすることになり、裁判を控えた外国人配偶者を何人か雇って、彼女たちにしばらくの間身を寄せる場所を提供したのだった。

平和には思いもよらなかった。見た目もちっちゃな阿美がこんなにたくさんのことを手がけ、しかもどんなことをするのでも生き生きと精彩を放つとは。数か月後、平和が申請した新しい外国籍介助者がやってきた。阿美は、自分は先輩なので後輩をしっかり指導すると言って、細かい仕事のすべてを詳しく説明した。新しい外国籍介助者の莉莉(リーリー)は来たばかりのころの阿美のように、眼を大きく見開いてしきりに頷いている。母は相変わらずの口の悪さで言った。「なんだか賢そうじゃないわね。別の子に換えてもらった方がいいと思うよ」

「母さん、偉いお坊さんも仰ってるじゃないか。『愛は相手に求めるものではなく、自ら差し出すものだ』ってね。僕たちが莉莉に少しでもたくさんのまごころで接すれば、彼女は父さんにますます誠意をもって尽くしてくれるよ。そうなれば母さんも苦労する必要はないし、それに阿美といっしょで、母さんにもう一人孫娘が増えるってことじゃないか」

母親はもう何も言わず、ただ黙って熱いお茶を啜っていたが、なにか思案を定めたようだった。

彼がベッドの縁の父親の手をさすりながら、母親の脚を叩いてやっていると、阿美が突然口を開いた。「おばあさん、私できたの」

母親は湯飲み茶わんを置いて嬉しそうに訊いた。「何か月なの？」

阿美が手で四を示すと、母は阿美を座らせ、言いきかせた。「妊娠したばかりの時期はだいじにしないとだめよ。こんなふうに一日じゅうここにやってきたり麺屋を手伝ったりしないで、しっかり休んでいないとだめなのよ。わかった？」

阿美は笑いながら頷き、そして言った。「おばあさん、私、阿虎とも相談したことなんだけど、検査の結果女の子だったの。それで赤ちゃんの名前を『念蘭（ニエンラン）』にして、お世話になったおばあさんに感謝したいんです」

母は恥ずかしそうに言った。「それはいけないよ！」

「母さん、いいじゃないか！　これは阿美の好意なんだよ。それに母さんがひいおばあちゃんになるんじゃないか。外国なら、おじいさんがチャールズだったら、父親はチャールズ二世、その子どもは三世になるだろ。ひ孫の女の子に母さんの名前が入れば、母さんとより近しくなれるじゃないか！」

「阿美、あんたが決めたんならそれでいいよ！」

母は阿美の手を叩いて、涙を浮かべながら言った。

野イチゴの戦い

起義(チーイー)は雑誌社や党務の手伝いには慣れたが、家庭のことはほとんど顧みず、家族とは一本の線でわずかに繋がっているだけで、平凡そのものだった。元来、いま流行の二号さんや愛人といった話題は、自分とはまったく関係ないと思い込んでいた。けれども、そう強情になるなよとよく言われるように、長く一緒にいれば情が芽生えるのも無理はない。党本部にやってきた新しい女性の助手は、彼とは特に馬が合い、話し始めればあれやこれや、綿あめの機械からたくさんの砂糖の糸が次々と出てくるように尽きることはなく、二人はひねもすべたべたと、話題は色とりどりに咲く花のようだった。最初はただの女性の親友だったのが、だんだんと桃色の恋人へと変わっていった。一旦色が染まれば、白いシャツの黒染みのように取れなくなってしまう。彼はいつもさまざまな言い訳で外食したり、遅く帰宅したり、外泊したりした。嘘があまりに稚拙で自分でも気が咎める時もあったが、妻がどう思っているのか見当もつかなかった。とっくに察知しているのか、それとも全く気づいていないのか。いっしょになって数十年、どんな苦労も経験してきたが、いま自分には苦労もなくなり、はじめのころの、夫婦で苦難を共にし、同じ船に乗って互いに助け合っていた感覚はいつのまにかなくなってしまった。何十年も同じ船に乗っていれば飽きることもある。こっそり別の船に乗り換えてしばらく離れ、ひとしきり遊んでみようと思ったのだ。

起義と愛人はそんなふうに親しくなっていったが、党内は性的醜聞にはすこぶる敏感であり、党のイメージは永遠に個人の私欲より上にあり優先されるべきものであった。内情を知っている仲間がみんなで代わる代わるよく考えるようにと彼を諭した。さもなければ愛人を作ることでこれまでの仕事はできなくなり、しかもパパラッチやゴシップ雑誌の隆盛で、いつか新聞紙面の最優秀男優賞に選ばれてしまう可能性だってある。彼がいちばん得意にしているのは分析と評価であるが、刺激を求めたために、自分がまた無一文になってしまうかもしれない。そのうえ、政治的資産と後ろ盾のすべてを失ってしまったら、これは彼が数年間の牢獄生活と引き換えに得た報酬であるが、女性問題でそれを使い果たしてしまえば、他人に嘲笑され理解されなくなるだけだ。結局、起義はきれいごとをならべて愛人を振ってしまい、何事もなかったかのように、船は跡形もなく消え去ったのだった。その後この女性助手が別の既婚男性にべたべたし始め、彼はようやく落ち着いたが、心のなかでは、この女は欲深くて節操がないと恨み言をつぶやいていた。

彼は小さいころから世話してくれたおばのことをよく思い出す。たくさんの男たちの間を行き来しながら、よい落ち着き先には恵まれず、最後は高齢の老人の後妻に深く考えもせず収まったのだった。おばはこの男にしがみついていようとしていた。というのは相手が自分よりも一足早く逝ってしまうことに賭けていたからで、そうなってくれれば夫の財産によって彼女のその後の人生は衣食に窮することもない。でも結局おばは長年嗜んだタバコと酒で身体がボロボロになり、夫より先に入院することになった。起義が定期的に病院へ見舞いに行くと、おばは言った。「小さいころからおまえは私と一番仲が良かったねえ。私もおまえを子どものように育ててきたんだよ。私が死んだら、実家の先祖代々の位牌のなかに置いておくれよ。私は実家を離れて長いこと時間が経ってしまったし、家庭を持つという実感はずっとないままだったからね」

おばは、長びく病を抱えながらしばらく過ごしたが、いい時も悪い時もあった。いい時は彼といくらか談笑もできたが、悪い時にはほとんど意識がなく昏睡状態だった。おばは決して負けを認めず、神様は自分にたくさんの借りがあると思っているのを、彼は知っていた。起義は病床のおばの手を握って言った。「おばさん、安心して逝ってね。おばさんが言ったことは俺がきっとしてやるから。来世ではおばさんはきっといい人のところに生まれ変わるから。今生からはもう手を離していいんだよ！」その日、外はもともとそよ風のいい天気だったが、急に風が強く吹き始めたので、起義は隣の病床の開いた窓を閉めに行った。戻ってきたとき、おばはすでに息を引き取っていた。救急ボタンを押すと、起義は傍らで腰を抜かし動けないまま慟哭した。

おばの死後、彼は兄、平和（ピンホー）の家に帰って母親の春蘭（チュンラン）と話し合った。母はおばとは関係がよかったけれども、世間体については自分なりの信念があった。「嫁に行ったのに、位牌を実家に置く人なんて聞いたことがない。当然夫の側で供養するべきだし、それこそ道理にかなったことじゃないか」

兄の平和は言った。「母さん、時代はどんどん変わってるんだよ。そんな細かいこと気にすることはないよ！　それに亡くなった人の立場で考えるべきだって言うじゃないか。おばさんは帰ってきて一家団欒したいのさ。いいことじゃないか……」

「おまえはなんだってそんな血迷ったことを言うんだい。私が生きてる間は許しません！　こんなことが知れたら笑いものだよ」

「母さん！」平和は言った。「だったらポエ〔民間信仰で占いに使う道具〕でご先祖の意見を尋ねてみたらいい。ご先祖が許してくれたら、母さんもう反対はしないでね」

　母の返事はなかった。兄はポエを持って手を合わせ、口のなかでぶつぶつ唱えてから下に投げた。笑杯〔二つとも平らな面（陰面）が上向きで、神様の答えは保留状態〕だった。もう一度投げたが、同じだった。さらに投げたが、やはり同じだった。続けて三回投げた後、平和は言った。「起義、数日後にもう一度やってみることにしよう」

「俺は信じない。自分で訊いてみる」起義はポエを奪って、憤懣やるかたない思いで投げた。哭杯〔二つともふくらんでいる面（陽面）が上向きで、神様が応じない、いい答えではないこと〕だった。また投げても同じで、もう一度投げてもやはり同じだった。三回続けた後、起義は泣きながら言った。「おばさんの夫の方はキリスト教なんだ。夫は頼りなくて、洗礼を迫ったそうだよ。死んでも行かないっておばさんは言ってた。おばさんはもう俺の母親も同然なんだ。おばさんが家に帰りたいって言っているのに、まさかおばさんをよるべのない霊にして彷徨わせようって言うのか？」

「起義や、外に納骨壇を買ってそこに安置しよう！」春蘭は勧めた。

　平和は続いて跪きつぶやく。「ご先祖様方、どうかお願いします」慌ただしくポエを投げたが、やはり三回連続で笑杯だった。

起義はもうお願いしなかった。自分だって分家して飛び出した人間だ、彼は思った。もうとっくに一家の主で、なんだって思い通りにできる。誰かに頼む必要はない、ましてや亡くなった人のことだ。自宅に祭壇を設けて、自分の先祖を並び替え、最初の一人にすればいい。これからはおばが我が家の血脈の起源となるのだ。誰にも反対させるものか。

数日後、兄からまた電話がかかってきて、母親がおばのことで帰宅するよう言っているという。彼は一年で多くても数回、正月や祭日で実家に帰るが、いつもは食事をしたり、夜に団欒したらすぐに離れることが多い。今回はおばのためにやはり帰ることにした。母が言うには前の晩に夢を見たという。祖先が母に言うには、位牌を分霊しておまえのところへ持っていけばそれでいい、おばはおまえと一緒に暮らすことができると。起義はそれを聞いて嬉しくなった。世間に温情はあると思っていたが、思いがけず霊界も同じだったとは。母はさらに言った。「でもなんだか首をかしげてしまったのは、夢の中でご先祖様がね、いずれにしてもおまえのところには後継ができないし、供養する者もいなくなる。だからおばさんをおまえのところにおいたところで、むだなことだって言うのよ」

起義は息子哲浩(ジョーハオ)の告白のことを思い出し、なるほどだからご先祖様も同意してくれたのかと思い、悲しめばいいのか喜ぶべきなのかわからなかった。なんという温情なのか。ご先祖様がただ楽しんでいるだけじゃないか。そして突然、自分がこの先死んだあと、誰も供養してくれる人がいなくなると思ったら、やはり悲しい気持ちが少し勝った。結局、おばは先祖と分霊して無事彼の家に入り、起義は一つ仕事を成し遂げた気分になった。

同じころ、海峡両岸関係協会［中国の対台湾窓口機関］会長の陳雲林（ちんうんりん）が、はじめて台湾を訪問し、党内の同志は抗議のための人海戦術を発動し、全ての台湾人が立ち上がり台湾人として意思表明するように求めた。しかしこれが警察と市民の間の多くの衝突を生み出し、デリケートなものはすべて人ごみの中にかき消され、遮るものなくどこまでも晴れ渡る空を陳雲林に一望させたのである。国旗やチベットの雪山獅子旗は言うまでもない。そして七千名の優勢な警察力は、各地で花開いた抗議の人々を幾重にも取り囲んで遠くへと追いやった。レコードショップがラジオ番組「台湾の声」を流せば、警察は強制的に中に入ってラジオを切り、シャッターを下ろさせた。起義と抗議の群衆はまるで負け戦を戦ったようにみえたが、ただ幸いなことに白色テロの抑圧的な時代はもう過ぎている。さもなければ彼の父親が遭遇した二二八事件や自分が若いころの美麗島事件のように、多くの人が誰にも知られることなく歴史の闇へと消えて行ったことだろう。彼らは最後には汽笛やラッパに頼って、自分たちの代わりに巨大な怒号をあげるほかはなかった。パーパーパーパーパーパーパーパーパー！

起義は徐々に年老いていき、体力も気力も以前とは比べるべくもない。早朝に国民党によって放たれた空城（くうじょう）の計で、党内はてんてこ舞い、皆が動員されたのだ。国民党がこの手を打つとは皆の予想をはるかに超えていた。人ごみの中で彼は思った。自分は一日早く北部へやってきて、息子を訪ねるつもりだったが、その後考え直してやめておくことにした。一人で台北の街をぶらぶらし、若いころにしばらく過ごした新聞社へ、昔の同僚に会いに行きたいとも思ったが、辞めた者はもういないし、残った者も彼の訪問を唐突だと感じるだろう。そこでこの選択肢はあきらめた。結局一人で二二八記念公園にたどりつくと、急に自分が本当に年をとってしまったと感じたのである。何人かの老人たちのなかに紛れ込んでもどこもおかしなところはなく、まるで彼はそこに置かれるべくして置かれているようだ。考えてみれば、自分の世代はとっくに過去でしかない。そこを出る前にトイレに行くと、外に何人もがたむろしてキョロキョロしている。彼が小便器の前に立つやいなや、一人の若者がぴたりとついてきて横に立つので、彼はプレッシャーを感じて出るものも出ない。しまって出ていくほかなかった。地下鉄のトイレに入り、小便をしながら、あの連中と息子は同類なんだと思い至り、息子があんなふうに怪しげで奇妙な存在になってしまうのではないかと急に心配になった。そう考えると、怒りも沸いてくる。

しばらく考えて、やはり我慢できず息子に電話をかけた。少なくともちょっとは言っておかなければならない。あんな連中の真似はするんじゃない、と。息子は卒業すると台北に行ったきり帰ってこなかった。まるで彼の複製品のように、息子にとって家は永遠に帰ることのできない場所なのだ。彼は息子よりももっとひどく、明らかに母親と同じ街に暮らしているのに、母の世話を兄ひとりに任せてきた。電話の向こうの息子は、宿泊先のそばで落ち合おうと言った。二人が座ると、彼は訊いた。「何か食べるか?」

息子は首を振ってもう食べたよと答える。

彼は目の前の息子がきちんとした身なりをしているのを見て思った。まるで商談をしてるみたいだ。父親に会いに来たようには見えない。

「元気にやってるのか？」彼はぎこちなく息子に訊ねる。

「仕事も生活のほうも変わりないよ。父さんはどうなの？　今回は台北に何しに来たの？　明日のイベントのためじゃないよね？」

「そうだよ！　都市包囲行動に参加するんだ」

息子はなにか言いたげだったが、しばらく沈黙した後、静かに言った。「身の安全には気をつけて。無理しないようにね」

「おまえはいま……」もともと起義は息子に、そんなことをしていないで、ちゃんとガールフレンドをつくって、女の子と結婚することこそが正しい道だと諭すつもりだった。でも二人はいまこうやって一緒に飲み物を飲んだり、顔を合わせられるような関係になったのだ。それでもうじゅうぶんじゃないかと瞬間的に思った。それで飲み物といっしょに呑み込んでしまったのだ。

でもやはりおばのことは話さないわけにはいかず、結局言うことにした。「おまえのおばあちゃんが夢でご先祖様に言われたんだよ。将来俺が死んだら、俺を供養してくれる子孫はいなくなるってね」

彼は息子が長広舌で自分とやり合うだろうと思いこんでいたが、息子は水をひと口飲んだだけだった。

彼は我慢できずすかさず言った。「話したいことがあるなら言ってみろ。かまわないよ」

息子はそれでも黙ってカップを持ち上げる。

「おまえは自分のことは考えなくても、俺や母さんのことは考えてくれよ。以前おばあちゃんの家で働いていた外国籍介助者の阿美だって子どもが生まれたんだぞ。おまえもいい歳なんだ。一人でいるのはよくないぞ。女性に家に入ってもらって支えてもらわなきゃ。おまえの母さんみたいに」

「父さん、もしも人生が一度きりだとしたら、輪廻もなく、来世もなく、生まれ変わる可能性もなかったら、一生懸命幸せに生きようと思う？　それともびくびく隠れながら、なんでも他の人が言うとおりに生きようと思う？」

「俺たちがおまえを不幸にしてきたというのか？」

「父さん、僕にとって人生はたった一度きりなんだ。僕はただ僕のやり方で生きていきたいんだ。がっかりさせてごめん。でもどうしようもないんだ。僕は他の人に合わせて自分を変えたくないし、結婚も僕の人生計画には入っていないんだ」

「どうして他の人に合わせることができないんだ？　まさかおまえは他の人とおなじようにふつうでいることができないっていうのか？」

「もしどんなことでも他の人に合わせられるなら、父さん、どうして父さんは美麗島の抗争に参加したの？　どうして自分を監獄に入れるようなことをしたの？　どうして僕に父親のいない長い時間を過ごさせたの？　どうして父さんは他の人に合わせて、平穏に暮らすことができないの？」

息子の言葉に、彼は詰まったがすぐに反撃した。「俺は民主のため、公理のためにやったんだ。おまえは？　なんのためなんだ？　結局は自分勝手ってことじゃないのか？」

「だからそんなふうに僕に要求する父さんこそ自分勝手じゃないの？　父さんは自分の言いなりになる人形か、言うことを聞く素直な犬が欲しいだけじゃないの？　父さんが必要としているのは僕なの？」

「俺を怒らせてばかりのおまえよりは、犬を一匹飼った方がましだ」

息子は苦笑して頷いた。「それこそが僕が家を遠く離れている理由だよ。僕たちはそっくりなんだ。僕は父さんのことを我慢できないし、父さんだって僕のことが我慢できない。僕らは力いっぱい相手を自分の信念の枠の中に引きずり込もうとして、一歩も引かないんだよ」

息子は付け加える。「僕は先に出るよ。父さんはしばらく座ってて。勘定は僕がしておくから」

彼は窓の外を行き交う人波に眼を泳がせ、またやらかしてしまった、と思った。彼は父親という役回りを一度だってうまく演じられたことはないのだ。けれども彼が悪いわけではない。小さいころから自分には父親はいたが、いないも同然だったのだから。終日椅子に腰かけているだけの老人が彼に何を教えられるというのだろう？　それでは、と彼は思った。息子にとって彼はいい父親ではない。息子だっていい父親になる条件を具えてはいないかもしれない。そう考えると、息子が結婚せず、幸せに暮らしていくなら、少なくとももう一人の息子がもう一人の父親を恨むこともない。

都市を包囲する炎は断続的に続いていたが、彼には居続ける体力も気力もなかったので、高雄に帰り、家に戻ってまず祖先とおばに拝礼した。妻は言う。「活動はまだ続いているんじゃないの？」

「家のこともうまくいかないのに、国のことを考える気になんてなれないよ」

「どうしたのよ？」

息子との対話について彼がひと通り話すと、妻が言った。「あなたたちが親子だってこと、だれも疑わないわね。二人とも性格がおだやかじゃないからね。子や孫たちには自分たちなりの幸せがあるってことね」

「なにが孫だ？　孫なんてできないんだよ！　俺たちが死んだら帰る場所のない霊魂になってしまうんだ」

「なにを心配してるの？　とっくに納骨壇は買ってあるわよ。山を背にして海を望む場所にね。死んでからも二人で一日じゅう景色を眺めていられるわよ」

彼は妻の言葉を聞いて、内心慰められた。だれかに愛してもらう必要のある大きな子どもにすぎないのだ。

彼はしばらく息子のことは脇に置くことにした。彼はよくこうするのだ。そうしなければ永遠に期待し続けることになってしまうから。

高雄の党本部に戻ると、空城の計を仕掛けられたことについてみな憤慨していた。ニュースでもうるさいほど報道され、画面の中の彼らはまるでうっぷんを晴らすところのない可哀想な者たちだ。遠方の円山飯店にむかって必死に叫ぶしかない。多くの戦友や、与野党の政治家がインタビューを受けて、この事件についての互いに食い違う見方を示していた。政治は大きな機械のようなもので、それを止めることは誰にもできないのだ。党派ごとに力を尽くして機械を微調整し、自分たちのやり方で動くことを望んでいる。今回は負けたが、心配はない。あの手この手で相手の機械運転を妨害すれば、自分たちが彼らに対抗できる時間も増える。世論に後押しされて、全ての報道がほぼ一斉に警察の過剰な警備行動を問い質していた。彼らは相手を迎え撃つことができる有利なポイントについて考えていたが、都市包囲事件と同時に、学者や学生たちが「一一〇六行動声明」を発表し、「その行為によって危害がすでに発生しているかあるいはまもなく発生すると認めるに足る相当な理由」あるいは「明白に迫っている危険」を構成していない人々に対して、警察が強制力を行使し、人々の身体的自由や言論の自由を過剰に制限していることに抗議したのだった。

美麗島事件の頃、彼らの武器は雑誌だけだったが、いまは各ニュースチャンネルが熱く、インターネットも発達してきた。ネットが人々を繋げる力はまさに偉大であり、人数は彼ら都市包囲行動を十倍も百倍も上まわっている。ネットには関連の素材を自発的に編集し、女性の歌声までつける人もいた。「わたしは温室の花ではない。あなたも優しそうなふりをする必要はない。あなたたちの偽りの表情はわたしには真似できない。できるのはただ自分と偽りなく向き合うことだけ。わたしたちはわたしたちの夢とともにある。わたしたちにはわたしたちの語りたい言葉がある。あなたたちは自分たちを裏切ったあとに、わたしたちまでいっしょに裏切らないでください」。この「野イチゴの声」は野イチゴ運動の始まりも示していた。すぐにこのテーマは注目を集め、インターネットは現実の生活の場にいる学生たちをも連帯させ、全国の野イチゴたちが姿を現し呼応した。彼はこの若い子どもたちを目にして、刑務所を出た後彼も参加したことのある野百合学生運動［一九九〇年三月、政治改革を求めて起こった大規模な学生運動］を思い出した。獄中における積年の恨みを、社会運動を借りて大声で吐き出したのだ。いまは月日が移り、老いたユリはちいさなイチゴへと姿を変えたのだ。

台北の自由広場の他にも、高雄の城市光廊（じょうしこうろう）に学生たちや野イチゴ学生運動を支持する市民たちが陸続と集まっていた。彼は個人の立場でたくさんの物資を学生に支援したが、顔見知りの報道機関の記者に気づかれ、党本部が背後で扇動していると思われるのを恐れて、ベレー帽にマスク、サングラスのすべてを出動させた。幸いここ数日寒気の襲来で、こんな格好をしていても怪しまれることはない。ブースの前で集会デモ法案改正を求める署名をしている人ごみのなかに、かつての愛人の姿が見えた。別れて二年余りでも彼女は変わらず綺麗だったが、ただ傍らにはちいさな女の子を連れていた。たぶん小学生くらいで、彼女をママと呼んでいる。二年前付き合っていた時には娘がいるなんて聞いてなかった、ということは彼女は隠していたということか、と彼は疑いを抱いた。それとも他の男の娘なのか？　愛人のそばにいるのはまた別の男で、二人は仲睦まじく、女の子には彼女とその男のおもかげがあった。考えてみると、最初彼は相手を生活のなかのおやつのようなものだとみなしていたが、もしかすると自分の方が相手のデザートだったのかもしれず、相手の方が彼を手放したくないのだと、自分が独りよがりに思い込んでいただけなのかもしれない。彼は自分がさらにひどい状況に陥らなかったことを喜ばずにはいられなかった。もしもあのまま関係が続いていたら、彼も浮気相手のレッテルを貼られていたかもしれないし、自分の家庭も崩壊してしまったかもしれない。

彼は別のブースに立って署名したが、自分の名前を書いてすぐに後悔した。女が通りかかり、彼の筆跡を見て叫んだ。「林主任ですか?」

彼は仕方なく扮装を解いて向き合い、ほほえんでみせた。「君も来ていたのか、偶然だなあ」

女は紹介してくれた。「この方は以前党本部の主任だった林さんで、私をとてもかわいがってくれたの。こちらは私の夫で、こっちは娘です。林おじさんにあいさつなさい」

「林おじさんこんにちは」女の子はすなおに呼びかけた。

「やあこんにちは、娘さんはお二人にそっくりだね」

「林主任がここにくるお時間があったなんて。しかも帽子にマスク姿でしっかりガードなさって。風邪ですか?」

「いや寒いからね、たくさん着こんで暖かくしているんだよ。このあたりを通りかかったんで、ついでに学生たちに声援を送ろうと思ってね」

彼はうつむいて腕時計を見て言った。「そろそろ家に帰って食事するよ。お先に」

女はもうふっきれたと言わんばかりに手を振った。まるで彼女と彼の関係が気づかれてもおかまいなしというふうに。むしろ彼らの間にはもともと何も起こっておらず、すっかり純潔無垢だと言わんばかりに。この女は情知らずだと思ったが、でも考えてみればそれも悪くない。騒いだり脅したりしない女こそが最高の女じゃないか。彼のように一方では彼女から離れられたことを喜び、一方では彼女を失ったことを後悔している。そんな優柔不断な自分こそが、一番ダメな男なんじゃないだろうか。あるいは女の方が自分よりよくわかっていて、だからあんなにもあっさりと別れたのかもしれない。

夜のニュースは、台北の自由広場で、活動中に抗議のため焼身自殺を図った人がいると、残酷にも報道していた。メディアはそれぞれ特ダネを競い、現場の目撃者や自殺者の家族や友人、近所の住民、同級生、同僚に至るまで、取材された人たちはそれぞれに意見を述べた。死んでしまったら何もかもを失ってしまうと彼は思った。他に言えることなんて何もない。そして突然自分の父親を思い出した。おばはこんなふうに言っていた。父親は二二八事件当時新聞の日本語面で記事を書いていて、事実に即して各地の被害の様子を報道していた。当初、死は免れられないだろうと思ったが、警察が逮捕に向かった時、幸い父は仕事場にいなかった。帰宅すると何が原因かわからないが精神がおかしくなってしまった。こうして、生きている父は死んだも同然になってしまったのだ。小さいころ彼は母親に訊ねた。どうして父はあんなにも弱腰で帰ってきたのか、と。母親は首を振って彼に言った。「弱さっていうのは勇敢さでもあるのよ。そこにいてくれさえすれば希望はあるんだから」

彼には理解できなかった。だから彼は一生懸命父親とは違うと思われるような行動をしようとした。いかなる場面でも、第一線に立って突撃し、もしも民主のために死ねたら名前を残せると思っていた。数年後、自分の家族ができると、自分のためだけに生きることはやめ、彼の勇敢さは少しずつ影をひそめていった。党本部の先輩や同輩との議論や後輩に自慢話をするような時にようやく勇敢さはまだ残っていると感じることができたが、「こういうことは若い者たちに譲って、やってもらうのがいいんだ」と自分で自分を慰めるしかなかった。ましてや歴史の中に名を刻める人間なんて、ごくごく少数ではないか。彼はこの時、ようやく父親を理解し始めたのである。ただ父はもういない。では息子はいつ自分のことをわかってくれるのだろうか？　やはり自分がいなくなるのを待たねばならないのか？　こんな和解は悲しすぎるじゃないか？

　時は過ぎ、野イチゴたちはあのイチゴ族［ひ弱な若者世代を揶揄する呼称］のように一撃に耐えられないようなことはなく、一か月後、「一二〇七　野性をくらえ」行動を開催し、全国の大学生たちが連帯してデモ行進をおこなった。高雄のデモには起義も出かけ、大学生たちがにぎやかな中央公園に集まっているのを見た。「高雄、野イチゴ戦隊」とか「戒厳の伝統を新たに感じ取れ」と書かれた服を着たり、さまざまなプラカードを掲げて、いろいろなスローガンを叫んだり、短いパフォーマンスをしているほかに、一群の学生たちが高らかにうたってもいた。「全国の野イチゴたちよ、勇気をもって立ち上がれ、僕たちの人権のためには、どんな犠牲も恐れない。権威に立ち向かい、自由を勝ち取ろう。僕らの仲間たちよ、明日の勝利のために、死んでも最後まで戦い抜こう！　行け！　行け！」これは「野イチゴ戦歌」という曲だったが、彼が長年関わってきた大小の抗争やデモの時に、いろいろな替え歌を作った思い出がよみがえってきた。たちまち彼は朗々と口に出して一緒にうたいだした。さまざまな過去の場面が浮かんでくる。あの頃彼と一緒に大小さまざまな抗議活動に参加していた「仲間たち」はどうしているだろう？　彼らはいまでも互いの姿を覚えているだろうか？　まだ同じ道を歩いているだろうか？　それとももうあきらめて、平穏な生活に甘んじているだろうか？　それとも彼らはいまでもこの人波のなかに勇敢に立って、若者たちの支援者となっているだろうか？

　この人権のための戦いはまだ続いていくかもしれないし、まもなく終わりを迎えるかもしれない。けれどいずれにしても歴史にはっきりと刻まれるだろう。彼と息子の意見の相違も同じで、いつピリオドを打つことができるだろうか？　そして自分と母親と兄の間の疎遠な関係は？　彼は内心ではまだ三世代が同居できる日を切望しているのかもしれない。台湾の政治はすでにじゅうぶんなほどに混乱しているのだから、せめて自分の家庭くらいは簡単にうまくいくというわけにはいかないだろうか。

家に帰ると、妻はいつものようにデモの様子を彼に訊ねた。彼はざっくり話すと話題を変えて訊いた。「おまえはもう孫を抱きたくはないのか？」

「あなたがいればそれでいいわよ」

「将来俺たちを誰もお参りしてくれなかったら心配じゃないのか？」

「私が毎日あなたのためにお経を唱えてあげる。私たちだって何もわるいことなんてしてない。だから将来はあなたと一緒に西方の極楽浄土に行くわ。あっちに行ったら、誰かのお参りなんて必要？　それにあなたが心配するといけないから、納骨壇を買ったって前に言ったでしょう。あの納骨堂は私たちをしっかり面倒見てくれるわ。もう心配しないで。一日じゅうお経を聞きながら景色を眺められるのよ」

「だけどお袋が言ったように、おばさんをお参りする人がいなくなったら、心配だ……」

「数日前、もう一つ納骨壇を買ったの。将来おばさんを連れていってご近所同士になりましょうよ！　私たちのどちらが先に逝っても、まずおばさんといっしょに引っ越しをしてもらいましょう。その時が来たら、みんな一緒になれるわ」

彼は眼を赤くして、背を丸めてトイレに入り、鍵を閉めてからようやくタオルを出して口をおさえて泣いた。息子とのあの諍いが、とっくに妻の手はずで消え去ったことを知り、彼は息子が訊ねた問いを思い出した。「父さん、もしも人生が一度きりだとしたら、輪廻もなく、来世もなく、生まれ変わる可能性もなかったら、一生懸命幸せに生きようと思う？　それともびくびく隠れながら、なんでも他の人が言うとおりに生きようと思う？」

彼は息子のことも自分のことも許そうと決めた。ただ妻と幸せにこの人生を送ることができさえすれば、少しの悔いもない。明日はそろそろ兄のところに行かなければ、と彼は思った。それに息子に電話をして、あいつに伝えなければ……。

公理と正義のドレス

父が亡くなって、家全体もまるで半分死んでしまったようだった。帰宅すると母親は暗がりに引きこもっていて、父も介助者もいなくなり、いっぺんに二人も減ってしまった家は、たちまちずいぶんとうらさみしくなってしまった。家は一度改修したことがあるが、それは両親の求めに応じてやったことだった。今は父親も亡くなり、もともとどんなことについても自分の考えをしっかり持っていた母親は何かにつけて彼に頼るようになり、外で仕事をしていると電話をしょっちゅうかけてきて、ここが痛いあそこが痛いなどとわめくのだ。はじめは彼も慰めの言葉をかけていたが、無意識のうちにうるさく思えてきて、一分も話さないうちにさっさと電話を切ることが常になった。まる一日疲れて帰ってきて、彼は食卓に座って母と向き合い、母親がどれだけ具合がよくなくても、何品かのおかずとスープを作って一緒に食べた。小さいころ彼は弟と食べ物の取り合いをしながら、父親の食事の手伝いもして、食卓は少なくとも賑やかではあったが、いまでは毎回の夕食は無言劇のようだ。母親はこれまでずっと彼に家事にはかかわらせず、しっかりと勉強だけをさせていた。いま彼は還暦が近づき、功成り名を遂げたが、母親を手助けするのにどこから手をつけるべきなのかわからなかったのである。彼はいろいろなやり方を考えたが、母親はまったく聞き入れず、阿美に暇なときになるべく来て世話してもらうよう頼むほかなかった。

家の中の物も人の気配が減っていくにつれて壊れていき、電灯はいつも点いたり消えたりしていた。修理を頼んでも、一、二か月も経たないうちにまた元に戻ってしまう。母親は父が帰ってきたんだと言うが、彼には「帰ってきた」とは思えない。父親はずっとここにいるのだ。家に帰るたびに、母親が黙りこんでいたら、すみっこに座っているのは父なのだと感じてしまう。もしかすると父は母親にとりついていて、それで母の元気がなくなり、何をするにも力が入らなくなってしまったのではと考える時もあった。この頃は家の中の物も古びてきて、戸や窓の留め金はとっくにおかしくなり、思いっきりひっぱって、ようやく開け閉めできるような状態だった。トイレの水洗システムにはもっと頭を痛めている。水を流しても、汚物が浮き上がってきて、トイレ詰まり用の薬剤をたくさん流しても変わらない。生活の大小さまざまな雑事が彼を疲労困憊させた。

加えてここ数日のニュースはまた台風が台湾に襲いかかると繰り返し強調して、防災準備をするようにと市民に呼びかけていた。仕事や母親や家のことを含むすべてがないまぜとなって、彼には大きなプレッシャーだった。母親には高雄の中心部に引っ越そうとなんども提案しているが、母親は死んでもこの鼓山（こざん）の自分の家にいるという。そうすれば父親も寂しくないし、と。母親がそこまで言えば彼も無理強いはできない。ただ台風は外海でその姿を現し、気象局も今度の台風は最も高い警戒レベルにあり、暴風雨が予想されると発表しており、彼は気を緩めることができなかった。できることはすべてやった。窓にはビニールテープをバッテンに貼り、古びた窓が暴風に耐えられないことを心配していた。八年前の七一一水害［二〇〇一年七月に台湾南部を襲った水害］では、鼓山一帯を含む高雄全体が水浸しになり、屋外から勢いよく溢れてきた水が、一度は父のベッドの縁まで上がってきた。その時、彼と阿美（アビー）と母親で、微動だにしない父親を力いっぱい引き上げて、四人は小さなタンスの上に呆然とうずくまり、家財道具が水面を漂うのに任せ、父親はあーうーと叫んでいた。救助隊が彼らを現場から避難させると、彼はすぐさま市中心部のホテルに行って二部屋確保し、ツインルームに自分が、四人部屋に阿美と両親を泊まらせることにした。水が引くと、古びた家屋のなかの多くのものは、とても使えるような状態ではなかったので、外壁の構造は残して、大幅な補修工事をお願いすることになったのである。

帰宅した父親は、屋外でぼうっとしている元の状態から変わってペンを手に文字を書き始めたのだった。彼と母親は何度もなんとかして父親が何を書いているのか知りたかったが、一度も成功せず、父親が書き留めた紙はまるで神隠しにあったかのように、どうしても見つからなかった。何年も前に父親はしばらくこんなふうに何かを書いていたが、その後機械のスイッチが停止したみたいに、また元の沈黙した状態へと戻ったのだった。父親に付き添って病院で診てもらうと、もしかするとこれは父親のある種の防衛的な行為あるいは惰性的な行為で、特定の刺激を受けたことによって引き起こされたものかもしれない、刺激がなくなれば行動も収まるでしょうと、医者は見解を示しただけだった。彼と母親もそのようなことだろうと考え、父親が亡くなるまでそれほど気にすることもなかったのである。

七一一水害の後、台風が来るたびに、彼はいつもそのことを思い出し、また同じことが起きることを心配して、水を防ぐ大きな土嚢を用意し、高めの二段ベッドに飲用水や食料をためておいた。もしも本当に浸水したら、ベッドフレームをノアの箱舟にして避難することもできる。

平和(ピンホー)は塩埕(えんてい)区に住む弟の起義(チーイー)に電話した。「台風が近づいているな。おまえの方は大丈夫か？」

「まあ大丈夫だろう。以前買ったゴムボートを使うようなことにならなければいいが」

「起義、おまえも大げさだな。ゴムボートまで買ったなんて」

「兄貴は知らないだろうが、俺たち新聞記者をやってた人間は、スクープを争うのに力を入れるだけじゃなく、先を見通せるようにもしておかなくちゃならないんだ。また浸水したら悲惨だからな。一度あることは二度目がある、そして何度も起きてしまうって言うじゃないか」

「そんなことがないように祈るよ。だけど俺もちょっと心配なんだ。お袋を先に市中心部に連れて行ってホテルを探そうと言ってるんだけど、親父を一人で家に置いていくのは心配だって聞いてくれないんだよ」

「まさかお袋は……？」

平和は起義が何を言いたいのかわかっていたので、「それはないはずだ。ただ安心できないっていうことなんだろう」

「だけど兄貴、つまらないことで大げさに騒がないほうがいいよ。台風はすぐに過ぎていくんだから」

「それでも用心したほうがいい。それにしても、なにが大げさに騒ぐだよ、おまえの方こそ大げさじゃないか！　ゴムボートまで買いそろえて」

電話を切ると、兄弟二人は歳をとるにつれて関係がよくなってきたと平和は思った。小さいころ弟が実家を出ておばの家に住んでいた数年間、二人は顔を合わせてもただぎこちなく声を掛け合うだけだった。明らかに近くに住んでいるのに、弟は正月や祭日の時くらいしか帰ってこなかった。いつもは彼と母親がわざわざ訪ねていってようやく弟に会うことができたのだ。

平和はまた事務所に電話をかけていくつか仕事の指示を出した。それからある社会的弱者の案件のために裁判所へ仕事をしに向かった。ふだんからあれこれ話もし、付き合いの長いこともあり、離婚した女性書記官とだんだん親しくなって、審理が終わるといつもおしゃべりをしていた。彼女は四十数歳で、彼よりひとまわり近く若いが、息子と娘はもう高校大学に通っていた。二人は外で食事をすることもあり、話題は公務や案件のことが多いが、彼は女性に好意を持っており、女性もどうやらまんざらでもなさそうだった。でも平和はこの方面については実際疎いということもあり、食事の後はいつもそれぞれタクシーに乗って別れるのだった。なにも起らないので、彼は少し残念だったが、ほっとする気持ちもあった。永遠に次回を期待することができるような気がしたからだ。今回の出廷時にはすでに滂沱の雨が降っていて、彼は当事者を連れて法廷で精いっぱい陳述し、二時間ほどかかってようやく終了した。法廷では当事者は辛抱強くしっかりと立っていたが、終了後には足に力が入らなくなって座り込み声をあげて泣き出した。女性書記官はその日は書記の仕事がなかったが、ちょうど外からそれを目にして、急いで入ってきて介抱しながら訊ねた。「どうしたの？　だいじょうぶ？」

平和は言った。「たぶん今までだいぶ張りつめていたんだろう。いま急に緊張が解けて、力が入らなくなってしまったんだよ。しばらく休ませればきっとだいじょうぶだろう」

「どんな案件だったの？」女性書記官が心配そうに訊ねる。

平和は困ったように当事者のほうを見つめた。彼女の同意を求めているようだった。当事者が頷くと平和はようやく口を開いた。「家庭内暴力だよ」

女性書記官は人に頼んで熱いお茶を持ってきてもらい当事者の気持ちをほぐしてやった。外の雨はまだ激しかった。平和は台風がもう上陸したのではと心配になった。女性書記官は彼の気持ちを見透かしたように言った。「明日の夜に上陸するようよ。お宅の方は大丈夫なの？」

「まあ大丈夫だと思う。前に台風で一度浸水したことがあってね。それで台風が来るたびに心配になるんだ」

「お宅はどのあたりなの？」

「鼓山だよ」

「それ七一一水害でしょう」

「どうして知ってるの？」

「別れた夫の家が中山大学のそばのマンションにあったの。あの時水位が上がって海面が埠頭と同じ高さにまでなったわ。道路もぜんぶ水に覆われてしまった。まるでマンションが果てしない海原に浮かぶ小島のようだったわ」

「あの時は家財道具がみんな流れてしまったんだ。父親も危うく流されるところだったよ」

「林先生はほんとうに冗談がお好きね」

これまで誰にも信じてもらえないが、夢の中では彼は一生懸命父親をより高い位置のタンスに引き上げようとしていた。現実と違っていたのは、彼の手は繰り返し緩んだということだ。まるで極力そうしようとしているかのように。その後父親は大水に呑み込まれ、老いた母親も飛び込んで水底を泳いだ。阿美は叫び続けた。おじいさんおばあさんおじいさんおばあさんおじいさんおばあさん。彼よりもずっと肉親のように。彼だけはそれを黙って見つめ、これですべてが終わるのを望んでいるようだった。そうすれば彼はやっとほんとうに自由になれるのだ。夢が覚めると、彼は恥ずかしくなった。もしかすると彼は両親のことをずっと重荷だと思っていたのかもしれない。彼には弟のように未練もなく一人だけ遠くに行ってしまうようなことはどうしてもできなかった。しかも、いま彼にはもう母親しかおらず、もしも母親がいなくなったら、自分だけ一人残されてしまう。

当事者は子どもを預けている家まで迎えに行かなくてはとつぶやき、涙をぬぐって立ち上がり、謝意を述べてからタクシーを呼んで飛ぶように出ていった。平和は訊ねた。「子どもさんを迎えに行かなくてもいいの？」

「林先生はほんとうにおもしろい人ね。うちの子どもはもう大きいんで、彼らに迎えにきてもらってもいいくらいよ。だけどあの子たちも忙しいんで、自分に頼るのが一番確かかね。母親の私のほうが、時々あの子たちのお荷物になるみたいね」

女性書記官は待っているようだった。彼も実はそうだったが、どうやって次に進めばいいかわからなかったのだ。彼は成功者であり、どんなことも思い通りにすることができるが、このことについてだけはわけもわからずジタバタしてしまう。だから何もしないということを選択するしかない。それがいちばん安全だからである。得ることがなければ、失うこともないのだ。

結局女性書記官は腕時計を覗いて言った。「そろそろ時間なんで、私は行きますね」

彼は頷き礼儀正しい笑みを浮かべた。「気をつけて。私もそろそろ帰りますよ」

二人はまたそれぞれタクシーに乗って都市の両端へと離れていった。

夜、平和は母親に付き合ってテレビの前に座ってニュースを見ていた。テレビ画面の台風の進路を見ると、ニュースでは強い勢力の台風に厳重に警戒するよう花蓮（かれん）の市民に特に強調し、台湾全土には豪雨に注意するように呼びかけていた。屋外ではザアザアと音がしていたが、彼らの家はすでにかさ上げし、玄関には土嚢も積み上げ、吸い上げポンプも準備万端で、足りないのは救命ボートだけだ。彼は弟のことを思い出して笑ってしまった。考えてみると二人ははからずもよく似ている。ただ彼の方が守りを重視して、緻密に考えるが、弟は攻める方がだいじで、行動力がある。母親は心配して訊ねる。「台風は大きいし、ニュースに出てくる波もすごく荒いようだよ。西子湾（せいし）の海水は溢れてこないかねえ？」

「ニュースの映像は花蓮の海だよ。高雄じゃないんだ。母さん、心配しなくて大丈夫だよ！　まずは休んでよ。ひと眠りしたら台風は過ぎているから」平和は母親を安心させて、母が部屋に戻って就寝するのを待っていたが、自分はしかし誰よりも気を張り詰めてテレビ画面に見入っていた。次に目覚めたときにはもう早朝で、携帯電話を見ると五時過ぎだった。外の雨は勢いが轟轟と激しく彼は不安になった。今日は父の日だということを彼は思い出した。すぐに線香を供えて父親におめでとうと声をかける。考えてみれば彼にはもう父親はいない。自分も父親ではない。これからこの日は彼とは無縁になるのだろうと思うと悲しかった。彼は何かを思いだし、急いで窓辺に行って眺めると、外の水はもう近所の家を覆っていた。おそらくあと階段何段か分でこちらにも浸水してくるだろう。突然浴室からゴロゴロという奇怪な音がしたので、急いで見に行くと、便器の水が満ち溢れ、咳が止まらない病人のように、とけてどろどろになった紙を吐き出していた。はじめはトイレットペーパーがつまっていて、だから大量の紙が次々と出てくるのかと思ったが、青色がぼんやりと広がった痕跡をよく見ると、父親が字を書いていた日めくりのようだった。以前彼と母親が見つけられなかった紙は、全部父親がトイレに流していたのだ。

平和は急いで便器の蓋を閉め、また外の水の様子を見ていると、母親も起きてきた。「平和や！どうしてまた水が上がってきたんだい？」

「さっきニュースで、台風による雨がこの数時間に集中して降っているらしくて、水が退いていかないんだ。そのせいで高雄の多くの場所で浸水しているって」

「どうしてこんなことになるの？　隣はもう一階の半分くらいが水につかりそうだよ。うちには浸水して来ないかねえ？」母は心配そうに訊ねる。

平和は玄関には土嚢と吸い上げポンプもあることを思い出し、台風が過ぎるまでなんとか持ちこたえればきっと大丈夫だろうと考えた。「母さん、大丈夫だよ。もう少し寝たらいいよ」

「これでどうやって寝てられるって言うんだい。お父さんにお線香をあげようかね」母親はそう言うと祭壇まで行って、厳かな表情で線香に火をつけ、父に内緒話をするようにぶつぶつと何かを唱えた。香炉に線香を立てると、手を合わせて何度も拝んだ。「ここ数日ね……」母は言った。「夢でお父さんが私に言うのよ。また私に嫁ができるってね」

母がよく夢を見るのは小さいころから知っていた。まるで巫女のように十のうちの三つか四つはあたるのだ。母親は夢の中では陰陽や過去と未来を行き来できるようで、正夢かどうか確かめるために、いつもすべての夢について細部に至るまで彼に話して聞かせた。

「あんたはいま付き合っている相手はいないの?」母親は訊いた。

彼の脳裏には女性書記官の顔が浮かんだが、口ではこう答える。「いないよ!　もうこんな歳なんだ、誰がこんな年寄りを好きになるんだよ」

「見る目がある娘さんは好きになるんだよ」母親は言う。

灯りのついていない部屋にはテレビ画面だけが光り、ちかちかとしていて、真っ暗な海からの微弱なSOSのようだ。彼はようやく腰を下ろしてテレビで災害の状況を確認しようとしたとき、携帯電話が鳴った。女性書記官からだった。電話の向こうで彼女は言った。「大丈夫なの?　ニュースで見たんだけど、鼓山のあたりがすごい浸水しているって言うから」

「今はまだ大丈夫だ。前に工事で家のかさ上げをしたんだよ。でも近所の家は半分くらいまで水につかっているよ」

「じゃあこれからどうするの?」

「数日分の食料は準備してあるから、きっと大丈夫だよ」

「それならよかった」女性書記官はほっとしたようだった。

二人はまた黙り込んだが、彼女と手を繋いでいるかのように電話を握っていた。話すことがなくても切るのが惜しいのだ。

「僕……」

「私……」

二人は異口同音に同時に口を開き、「あの……」と女性書記官が先に話した。「私またあとで電話をするわ」

「ありがとう」

電話を切ると、母親が気がかりそうに訊ねた。「誰なの？　こんな早くにかけてくるなんて」

「裁判所で働いている人だよ。ニュースを見てうちの近所が水につかってるのを知って、心配して電話をかけてくれたんだ」

「娘さんなの？」

「母さん！」彼は恥ずかしそうに母の質問を遮った。

「いい娘さんならがんばりなさいよ」

突然また電話の音が響いた。誰だろうと思いながら電話に出ると、聞こえてきたのは起義の声だった。「兄貴、俺が迎えに行ってやろうか？」

「いま外は風も雨もこんなにひどいんだ。家の中にいるのが一番安全だよ」

「ニュースは見た？」

「いまやっと見ているところだ。どうしたんだ？」

「いま集中豪雨で、いたるところで浸水している」

「なんでこんなひどいことになるんだ」彼はつぶやく。

「佳冬は昨日から浸水していたから、今日はもっとひどくなっているだろうね」起義は言った。

兄弟ふたりとも空元気で、あれこれとまったく手の施しようのない状況について話をし、起義は兄にじゅうぶん気をつけるように、何かあればすぐに伝えるようにと言った。すくなくともそちらによこして使えるゴムボートはあるから、と。電話を切って、彼はようやく自分がすでに疲労困憊であることに気づいた。母はソファの上でまどろんでいる。彼は軽く母の肩を叩いて言った。「母さん、部屋に行って寝ようよ。ここだと眠れないよ」

「平和、台風は過ぎたの？」

「まだだよ。午後には海に抜けるだろうってニュースでは言ってる。母さん、もう少し寝たら。起きたときにはもう心配なくなっているよ」

「さっき夢でね、お父さんが私に言うの。お父さんのものをしっかり保管してくれって。私が訊ねてもお父さんの声はとても小さくて、聞こえなかったよ。お父さんはなにを保管してくれって私に頼んだんだろうねえ？」

「母さん、まだ夢を見てるんじゃないの！　でなけりゃもう少し寝てよ。そしたら父さんももう少しはっきり言ってくれるかもしれないよ」

「わかったよ。あんたも寝てないんだから、休みなさいね」

平和はまたトイレに回って観察してみたが、もう水が溢れてくることはなかった。彼は何枚か張り付いてしまった紙を拾った。客間に戻って少し休み、目が覚めると母親はもう昼食を作っていた。二人で食べながら、母親は何かを思い出したみたいに言った。「ウリの漬物を合わせたらいいわ」

母親は台所でいろいろな味の漬物をいくつもの樽で漬けていて、しばらく経つとそのつどつどで様子を見るのだった。母親が叫ぶ。「平和、ちょっとこっちに来て」

彼は母親のもとに行き、漬物樽の中に黒いものがあるのを見た。母親は慌てて彼に取り出すように言う。それはウリの漬物の中層あたりに押し込まれていて、よく見なければまったく見分けることができない。彼はすっかり漬け込まれたようなビニール袋を取り出し、外側の袋を開けると、中はまた分厚く包まれている。まるで中のものが腐ってしまうのを心配しているようだった。一枚一枚玉ねぎを剝くように開いていくと、最後にようやくたくさんの日めくりの紙がきちんと重ねられていちばん奥に包まれているのが見えた。彼はまず手を洗ってからそれを取り出して、注意深く広げると、日めくりの紙にはぎっしりと文字が書かれていたのだ。

母親は訊ねる。「なんなの？」

「どうやら、父さんが以前書いていたあれのようだ」

「何が書いてあるの？」

「文字がとても小さいんで、ルーペを取ってくるよ」彼は客間に行って新聞を読むのに使うルーぺを持ってきて、細かく見てからようやく言った。「全部日本語だ」

「何て書いてあるの？」母親はあわてて訊ねる。

「母さん、全部日本語なんだ。俺には読めないよ」

「あんたそれを大きく書いてみてよ。私が読むから」母親は泣きながら叫ぶように言った。

彼は適当に一文を選んで苦労しながら書いていると、母親はぶつぶつとそれを声に出す。そしてまた訊ねる。「他にもあるの？」

彼はまた一文を書き、母親がまたそれを音読する。まるで無限に循環するリレーのようだった。最後は彼の方が先に音を上げた。「母さん、明日事務所の職員に頼んで拡大コピーしてもらうよ。それから母さんに見てもらうっていうのはどうかな？」

「なら私が自分で読む、自分で読むよ」母親はあきらめずに跪き、ルーぺを奪って眺めた。その後また泣きながら言った。「私には読めないよ、読めないよ」

彼は小さいころから母親が泣いている姿をめったに見ることはなかった。彼も我慢できずに一緒に泣きながら、慰める。「母さん、泣かないで。泣きすぎて眼がだめになったらどうやって読めるの。泣くのはやめて。明日俺がちゃんとするから。母さんは焦らないで、わかった？」

「平和、私はね……」母親は涙を拭きながら言った。「これは捨てちゃおうよ！」

「今まで父さんがいったい何を書いていたのかまったくわからなかったんだよ。やっと見つけたというのにどうして捨てられるんだよ」

「父さんはもう死んだんだ。こんなものを残しておいて何になるんだい？」

「母さん、夢で父さんが自分のものをしっかり保管してくれって頼んだんでしょう。これがそのことかもしれないよ」

母親はもう何も言わなかった。でも彼は母がその日めくりをじっと見つめているのに気づいた。まるでチーターが獲物を狙っているかのようだ。

彼は母のかわりに漬物樽に蓋をして、二人で黙々と昼食を食べ終えた。午後、台風が台湾を離れると、各地の被災状況が次々に伝わった。翌日になっても水は退かず、ニュースはより深刻な被害を伝えた。甲仙（こうせん）の小林（しょうりん）村が土石流で村ごと消滅してしまったのだ。母親はテレビ画面を眺めながら、阿弥陀仏と唱え続けていた。その間彼は起義や女性書記官と何度か電話でやりとりした。災害というものはやはり人の心の結びつきをより強くすることができるのだ。水が退くと、起義が家に戻ってきた。彼は漬物樽の中のものを取り出して弟に話した。二人は母親を落ち着かせると家を出た。彼が車を運転し、起義は日めくりの紙をめくりながら訊ねた。「親父は何を書いているの？」

「俺にもわからないんだ」

「親父はほんとうに不思議だ。物心ついてから俺たちは親父の話を聞いたこともない。一日じゅう呆けてしまったようだったから、まさかね……」

彼もどう答えるべきなのかわからなかった。父親は唇をぎゅっと閉ざして何もしゃべろうとせず、いつも唇が見えなくなるまで口を内側にすぼめて、一日じゅう眉間にしわを寄せて今にも泣きだしそうだったなと、思うこともあった。事務所に到着すると、彼はアシスタントに日めくりの紙全部を、気をつけて何倍かに拡大コピーし、番号順に並べるよう指示した。そして電話をかけていくつかの手元の案件について連絡をとり、起義は近所にある党本部へ仕事に行った。彼は夕方近くまで忙しくしていると、アシスタントが二つの大きな紙袋を持ってきてくれて、ようやく帰宅した。母親にそれを見せると、母は読みながら泣き出した。何が書いてあるのかと訊ねても、母は何も言わず、十数枚を読んだだけだった。残りの数百枚はまだ袋の中だ。

翌日、彼はアシスタントにもう一部コピーするように言い、日本語の翻訳者を探して一週間以内に訳してもらうようにと頼んだ。母親に何を聞いても答えを聞かせてもらえないことはわかっていたのだ。それから何かを思いついたように、モーラコット台風被害の義援金の組織に小切手を送るようにともアシスタントに頼んでおいた。事務所に戻ると女性書記官に電話をかけ、唐突に言った。「会いたいんだ」

自分がこの一歩を踏み出さなかったら、二人はそれぞれ別の世界のなかに閉じこもっているだけだとわかっていた。そう言えば、二つの世界を繋ぎ互いに行き来する通路ができるチャンスが生まれるだろう。女性書記官は電話の向こうで優しく訊ねる。「午後、時間はある？」

二人は喫茶店ではじめて手を繋いだ。自分は六十を越えてようやく初恋の感覚を得られたのだと思った。女性書記官は言った。二人の子どもは佳冬での汚泥をきれいにするボランティアに参加しようとしていて、自分の子を誇りに思う、もしも仕事がなければ、自分も行ってみたい、と。平和は義援金を寄付する以外にもすることがあるように感じた。翌日、事務所で、もしもボランティア活動に参加したい者がいれば、公休をとれるし、毎月第二金曜日をボランティア・デーとして、どんな理由も要らず一日休みにするので、みんなには公益活動にたくさん参加してほしいと宣言した。アシスタントはそっと彼に話した。「それはよくないと思いますよ。みんなはズル休みをするかもしれないし、公益活動になんか行かないかもしれません」

「休日にして家族といっしょに一日を過ごしてもらえたらそれも悪くない。公益活動に参加してくれるならもちろんずっといいけれど、私には強制することはできないよ」平和は言った。

数日後アシスタントは訳文を彼に手渡した。彼は読み出すとすぐに涙が止まらなくなった。夜、起義を呼び出して、それを見せた。起義のような屈強な人間でさえ涙を流しつつ訊いた。「これは本当のことなのか？」

「俺にはわからない。親父のあの状況で嘘が書けると思うか？」

「つまり親父は新聞社の人たちを売って、その代わりに……」

「いちばんつらいのはお袋だろうな」

「そうだな。親父はお袋の胸の中でずっと死をも恐れない英雄だったんだから」

彼は返事をしなかった。父親は彼にとっても英雄だったし、その英雄の姿は、母親がみずからの愛情や言葉や生活によって作り出したものだった。だからこそ父親が英雄であるということは堅固で壊れることなどなかったのだ。でも事実は逆だった。父親はあの人たちを売ってその代わりに自由になるチャンスを得たが、精神がおかしくなったふりをして、永遠の沈黙で自分を罰し続けてきたのだ。では彼が知っている歴史の真相の中のどれくらいが美化されてしまったものなのだろうか？　誰にも知るよしはない。

「兄貴、これは人に知られてはいけないよ」

彼は黙ったままだ。

「俺たち一家は歴史の罪人になってしまう」起義は言った。

「……」

「兄貴、聞いてるのか？　俺は民主のために長いこと奮闘してきた。それは親父が政治の被害者だと思っていたからだよ。もしもそれが間違いなら、俺があの頃やったことはいったい何になるんだ？　何だったんだ？」

「……」

「兄貴！」

彼は返事をしなかった。自分だって同じなのだ。彼は法律の道を歩いてきて、追い求めてきたのは公理と正義ではなかったのか？　歴史の細部についての手がかりが彼の手のなかに隠されているのであれば、それを捨て去るべきかそれとも世間に公にするべきなのだろうか？　彼が人権のために努力してきたのは、政治によって迫害され社会の弱者として身を置かざるを得ない父親のような人々を減らせると思っていたからなのだ。しかし……

「わかったよ、兄貴、こっちの一部は俺が預かるよ。読み終わったら返すから」

「うん」

帰宅すると、母親がトイレであのコピーと原本をすべて便器の中に押し込んでいるのに気づき、母親をそこから離すと言った。「母さん、何をしてるの？」

「お父さんがこんなことを書くのを私は許せなかった。だからお父さんが書いたものを全部トイレに捨てたのに。まさかお父さんがもう一部隠していたなんて。私はどうやってこの世間で生きていけばいいんだい？」

彼は母を見つめた。母親の眼がぎらぎらと光り始めたようだった。彼は、起義のもとにもう一部控えがあることを母親に伝える勇気はなかった。母親は自分が編んだ公理と正義のドレスを身にまとっている。もしも彼がそれを無理やり脱がせたら、母は耐えられなくなるだけだ。

彼は黙ったまま、ただ心のなかでこう思った。「排管工に頼んでトイレをきれいにしてもらわないとな」

父なし子

哲浩（ジョーハオ）は傑森（ジェイソン）と大学の時から付き合いはじめて五年、結局はやはり別れることになったが、原因は嫌いになったからではなく、傑森が海外に留学してしまったからだった。距離は自然と、二人の心を少しずつ遠ざけていき、ＩＴがいかに発達しようとも、ビデオチャットで抱き合ったところで、哲浩はどうしても温もりを感じることはできなかった。距離が二人の愛情をこわしてしまうと、仕事と新しい友人たちが哲浩の生活を補填することになった。相性のわるい父親から逃れるために、彼は教員試験を受けて、順調に台北で教えることになり、朝八時に出勤し夕方五時頃には退勤する毎日になった。台北のふつうのゲイと同じように、ジムに通って体を鍛え、たまに誠品書店をぶらついて本を眺めながら男の品定めもしたし、デパートを回って服やスキンケア用品も購入した。週末は食事と飲みの約束で予定をぎっちりつめこむ必要があったので、いつも自分を早朝の三時四時まで酷使してから、ようやく外に借りたアパートに帰るのだった。

小さな七坪のワンルームだから、他に何を置くことができるというのだろう？　ダブルベッドは台北生活には欠かせないし、コンピューターはテレビ代わりにもすればいい。机が一つあれば三つの使い道がある。ＰＣ用、化粧用、そして仕事用だ。クローゼットは新しいシーズンの衣類でいっぱいなので、二年以上経ったものは慈善事業として友人に譲るか、衣類回収ボックスにすべて入れた。空間がどんなに物で犇(ひし)めいていたとしても、やはり場所を確保して本は置かねばならない。客がやって来たら、どうしたって相手にはいい印象を与えなくてはならないし、だからこそ書架は文学作品でいっぱいにしているのだ。本は衣類と違い、時間が経っても使えなくなるようなことはない。古酒を置いておくみたいに、名作は何十年経ってもやはり名作だ。要するに哲浩は自分の住居を清潔で快適にして、心地よい愛情を迎えられるようにと望んでいるというわけだ。

　哲浩は自分を人ごみのなかで目立たないようにするのに慣れていた。人に注目されるのが嫌なのだ。けれども付き合う男はみんな父親の姿を彷彿させ、いつも社会の公理や正義を第一として、まるで他人のことを自分のことのように考えていた。男たちが滔々と語っていても、哲浩のほうはほとんど心が動かなかった。結局のところ自分の生活とはたいして関係ないのだ。自分さえ問題なければ、それでいい。

　二〇〇八年、何度目の恋愛だったか覚えていないが、当時付き合い始めたばかりのボーイフレンドの男の子はまだ大学生で、学生団体のリーダーであり、よく社会運動に参加していた。小柄だけれど、誰よりもずっと強くて勇敢だった。精神的にも、その言葉も。ある時、二人は路上で、路地から飛び出してきた犬をバイクが轢いたのを目にした。運転手は犬をちらっと見ただけでその場を離れようとしたのだが、男の子はもう駆け出していって相手と言い合いをしていたのである。相手はまったく取り合わなかったので、男の子は息も絶え絶えの犬を注意深く自分の前に乗せ、急いで動物病院まで連れていった。病院の玄関に着いた時には、その犬はもう動かなくなっていた。

哲浩は、男の子はいつも闘争心をみなぎらせていて、傑森とは違うと感じていた。傑森はいつもゆっくりとした口調で、哲浩にいろいろな社会運動の由来や背景を説明してくれた。しかし男の子はいちずに前へと突進し、とりあえずやってみてから考えるタイプだ。その日男の子は、夜、楽生療養院［ハンセン病患者の療養施設］の強制移転反対の応援に行くと言って、簡単に準備をしてすぐに出ていった。哲浩は気をつけてねと言っただけで、生徒の宿題の添削を続けた。男の子が楽生療養院と地下鉄の関係についていろいろと説明してくれたことはあったが、理解できる部分もあり、理解できない部分もあった。けれど、どちらでもかまわない。たとえすべて理解できたところで何か手伝えるわけでもないことをわかっていたからだ。彼は、父親や男の子のようにひたすら前に突き進もうとはしなかった。彼の生活はすべてが平穏無事ならそれでいい。他人のために危険を冒す必要などないのだ。

彼は昼のニュースで、画面の中に男の子の姿を探した。頭に黄色いハチマキをしめた学生たちが人垣をつくり、楽生療養院の住民に移転を迫る警察に抗議していた。画面はあっという間に切り替わり、ニュースの言葉が付け加えられていく。この都市が必要としているのは、色恋沙汰の殺人事件や強盗、一家五人の練炭心中のニュースであって、こんな重苦しくてわかりにくい社会ニュースではないのだ。二分後には、楽生の報道はゴミのようなニュースの山に覆い隠され、誰も気にもとめなくなる。彼らがとり壊そうとしているのは、もしかすると楽生だけではなく、民主に対する市民の期待なのかもしれない。

夜、男の子は寂しそうに部屋の中でうずくまっていた。哲浩は話しかけなかった。彼にはわかっていたのだ。

男の子はいつか成長して哲浩の父親のようになって、情熱を絶やさずに奮闘し続けるのかもしれない。あるいは彼のように自分がよければそれでよいという大人になるかもしれない。哲浩は男の子を抱きながら言った。「ありがとう」まるで自分の父親に話しかけるように。

彼と男の子の恋愛は長続きしなかった。過去の恋物語と同じように、前方で障害物が道をふさぐ時はいつも、回り道をして別の可能性を探したり、相手がやってくるのを待ったりすることは互いに求めず、礼儀正しく手を振って別れの挨拶をする。そしてそれぞれ別の道を歩むことになるのだ。

探りあい、楽しみ、衝突し、別れるというモデルを幾度となく繰り返しているようだが、現実の生活のなかの恋物語には、想像されるようなたくさんの奇想天外でロマンティックな筋書きがあるわけではない。台北で教壇に立って五年、哲浩は四、五人の男や男の子と付き合ってきた。最長は八か月で最短は二週間。他にも一晩か二晩の夜を温めただけの関係もあるが、それは計算に入れていない。たとえそうではあっても、彼はやはり愛を大いに持ち望んでいたし、新しい友人との出会いを渇望していた。そして傑森のことが恋しくなる時もあった。

彼と傑森は仲が悪くなったわけではない。二人は相変わらず親友同士である。親友よりももっといい関係かもしれない。傑森は学歴を得てそのまま海外で仕事をし、帰ってくるのは一年に多くて二度ほどである。傑森が帰国している間は、もしも時間があれば、彼らは以前と同じように、いっしょに家で過ごしたり、旅に出たり、買い物に行ったり、デートや本屋、コーヒーやお酒、タバコや映画を楽しんだ。時には手をつないだり、キスしたり、夜には相手の身体が以前と変わっていないか、あるいは自分にはまだ相手を惹きつける魅力があるのかを確かめるように、二人は愛撫しあいセックスもした。もしかするとこれが、哲浩がいつもあのボーイフレンドたちと最後には別れてしまう原因なのかもしれない。過去の男たちは生活の中に突然闖入してくる見知らぬ男にどうしても我慢できないし、しかもその見知らぬ男の方が彼らのうちの誰よりもずっと哲浩のことを理解していたし、彼らよりもずっとボーイフレンドに資する存在だったのだ。哲浩にとってはどうでもいいことだった。ボーイフレンドならいくらでも探せるから。

以前、傑森とはもう続けていけないだろうと思ったのは他でもなく、傑森がアメリカで白人と結婚したからだ。彼はいつもからかうように大きいかどうか訊いたりした。たとえば傑森がアメリカにいれば、夫のマイクを呼んでビデオチャットのカメラの前で取り出して見せたり、そのまま二人がカメラの前でセックスし始めることもあった。もしも傑森が台湾にいれば、傑森はマイクを呼んで硬くさせ、そのあと哲浩とセックスをして遠くアメリカにいるマイクに見せつけたりする。はじめは哲浩も慣れなかったが、傑森は、大丈夫だと言った。彼とマイクはいわゆるオープン・リレーションシップの関係で、二人の間にはタブーなどまったくなく、ただ安全にやっていればそれでよかったのだ。「それにきみは俺の元カレなんだし」この言葉は哲浩をよりかき乱した。哲浩にはわけがわからなかった。一人は外国に行き、人間性もほとんど別人のように変わってしまった。けれどももう一人である自分は外国へも行かず、そんなに変わってもいないようだ。人生の端役たちとはいつも行ったり来たりしているが、ただ傑森のように超がつくほどのオープンというわけではないだけだ。

今年、傑森がまた帰ってくる。そして哲浩もボーイフレンドと別れたばかりだった。今回少し違うのは、傑森はもう離婚しているということだった。慰謝料が入り、台湾に戻って勤めるか起業しようと決めたのだ。どうやらアメリカに戻るつもりはないらしい。そのため、哲浩はわざわざ部屋をきれいに掃除した。傑森が帰ってくる前に数人の男が訪れはしたのだが。人生はいつだってこんなふうにスケジュールいっぱいになっていないとダメなのだ。これがなければ、彼はまるで暮らしていけないようだった。結局ひとりでは寂しすぎるし、人生は長すぎる。時には母親に電話したり、母親からの電話を受けることもあった。父親はまるで存在しないかのようで、自分の家庭は呪いそのもののようだと彼は感じていた。彼の父にも父親がいたが、歩けるだけの植物のようだったし、彼にも父親はいるが政治や党務にしか心血を注がなかった。そして彼も同性愛者だから当然子どもはできない。哲浩は以前悪意でこんなことを考えたことがある。もしも自分の精子を提供したら、彼の家庭の呪いが延々と続いていくのではないだろうか。生まれた子どもも、父なし子になるのだ。

彼は父親とは疎遠で、めったにない一年に何度かの帰省でも、多くは母親に会うためか、母に自分の姿を見せるためであって、父親は彼とほとんど話さないし、彼も父とは話したくもない。

こんな状態が維持できるのがいちばんで、いずれにせよ彼らは父親のいない家族なのだから、とっくに慣れるべきだったしもう慣らされてしまった。哲浩は母親を愛していたが、不満を抱かずにはいられない。母親は父のことを大目に見すぎていると感じていた。母親が父を選んだからこそ、哲浩は家を出ることにしたのである。高雄を遠く離れた台北に来て、ちょうど人生でもっともよい時期なので、試すべきことはすべて試してみた。やるべきこと、遊ぶべきこと、食べるべきもの、見るべきもの、彼は一つも欠かすことはなかったが、でもいつもなにかが足りないと感じていた。その「なにか」は、傑森が帰ってきたときや帰省したときには跡形もなく消えてしまうのだ。友人は笑ってその「なにか」っていうのは「愛」のことだと言う。彼は反駁したいけれども言葉が出てこない。もしかしたら本当に愛が足りないのかもしれなかった。

彼は父親をかわいそうだと感じる時もあった。けれど父親は彼のことをかわいそうだと思ったことなどないのだと思うと、それは父親が受けるべき報いなのだとも感じた。だから彼は徹底的にゲイになりきって抗議したいのだが、ワルぶろうとしても中途半端で、たまに吸うタバコにさえ罪悪感を覚えるほどで、他のことは言うまでもない。けれどもゲイの乱交やドラッグのニュースが出るたびに、父は彼を見逃すことなく怒鳴りながら、ゲイがどれほど罪深いかをわからせようとした。父親にはそんな罪深い自分から離れてもらうために、彼は卒業するとすぐに台北に行きそこでやっていくことにしたのだった。

家を離れると、彼と父親の関係は引き延ばされた距離と時間によって、少しずつ修復されていった。少なくとも表面的な平穏さは維持することができる。しかし前回父が珍しく台北に彼を訪ねた時、二人は、変わることはないこの件のためにまた言い合いになってしまった。父は彼のことを自分勝手だと言ったが、本質的には父と自分は同じだとわかっている。もしも父が自分勝手でないのなら、どうして妻子を放り出して政治闘争に身を投じ、刑務所に入ってしまったのか？　もう家を出てしまったのだから、これからは広い世界に美しい風景が待っているばかりだ。家は過去の束縛にすぎない。これからはその家はもうないのだ。

　彼と父親にはそれぞれ過ごすべき生活があった。どちらもお互いに干渉できないし、長いこと影響を受けるわけにもいかないと哲浩にはわかっていた。気持ちを制御できなくなってもすぐにまたコントロールできるようになるし、生活はもとのように続いていき、徐々にこのことを忘れていくか、なかったことにしていくのである。彼はおとなしい聞き分けのいい子にはなりたくなかったけれども、一日じゅう父からうるさく言われ続けるようなこともご免だった。

　まもなくして傑森が台湾に帰ってきた。哲浩の部屋は彼のものでいっぱいになり、二人はまた同居生活を始めたのである。恋人関係という枷がなくなったためか、二人は前よりもずっと身内のように親しい関係になった。ある日傑森は、美濃（みのう）に帰って、ついでに高雄の第一回ＬＧＢＴパレードに参加したいと言いだした。哲浩はだいぶ考えてから、やはり承諾することにした。もうこんな歳になったんだ、パレードの時に親類や友人、同級生に出くわしたところで、挨拶すればいいだけのこと、どうということはない。数日間二人は毎晩遅くまで話し込んだので、哲浩は仕事中ぐったりしてしまった。四日目には同僚の家に泊まらせてもらったのだが、二人はやっぱりちょっと距離があったほうがいいのかもしれないと彼は思った。

ミレニアムの十年後に、哲浩と傑森はまた一緒に美濃の地を踏んだ。傑森の実家に帰ると、傑森の母親が哲浩を見るなり言った。「浩ちゃん、おひさしぶりね」

傑森の母親が彼のことをまだ覚えていたことが意外で、気まずい感じで挨拶をした。傑森の姉はみんな嫁いでしまい、家には空き部屋が増えたが、どの部屋も物置きになっていた。傑森の実家は小さな託児所のようだ。傑森の母の腕には一人の男児が抱かれ、もう一人は揺り籠に、他の二人はテレビの前に座って『スポンジ・ボブ』を見ている。傑森の母親は忙しくて時間もなかったし、傑森の結婚に口出しするのもおっくうなようだった。しかも傑森のアメリカ人で白人の夫も台湾に来たことがあり、わざわざ美濃まで「しゅうとめ」に会いに来たのだという。十年の月日が流れ、また傑森と一緒にここに戻ってくるとは彼は思いもよらなかったし、この十年は一人ひとりを生まれ変わらせたようだ。ちょうど傑森の母親が同性愛という言葉にとっくに無感覚になってしまったように。哲浩は思った。彼と父親だけが相変わらず膠着した状態のまま、どちらも譲ろうとはしていない。

傑森は彼を二階に連れていき、部屋に入ると、哲浩をきつく抱いてキスをした。

「なにすんだよ？」哲浩は恥ずかしそうに傑森を押し戻す。

「ドキドキするだろ。まるで十年前、きみが家に来たばかりの時みたいだ」

「あの時はこんなふうにきみに騙されたんだよな」

「きみが先に部屋をノックしたんじゃないか。一緒に寝たいって」

「忘れたよ」哲浩は言った。窓の外の鬱蒼とした竹林はもう伐採されていた。あの時は夜風が吹くと竹の幹や枝葉がこすれあって不思議な音を響かせていたし、竹は窓のところまで届くほど茂っていたので、誰かが竹によじのぼって部屋の中を覗き見ているように感じたものだ。あの時、彼は恐る恐る傑森のドアをノックして、そしてはじめて親密な接触が行われたのである。それまで二人はデートをするだけの関係だった。それから二人は夢中で互いの体温を探りあい、そして自分ではない男の身体を思う存分知り尽くしたのだった。

哲浩は何かを思いついたように訊ねた。「ここ数年、美濃にダムを建てるって話を聞かないね」

「美濃にはダムは建設しないことになったんだ。でも台湾はまだたくさんの間違った政策をとり続けているよ」

「外国にいてもそんなに台湾のことを考えてたんだ？」

「ここは俺の故郷（ふるさと）だからね」

「その間違った政策っていうのは何だい？」

「第四原子力発電所だよ！　それに台北の二〇二兵器工場が中央研究院の科学技術エリアに変わること、国光石化の第八軽油精製工場が白イルカの生態に脅威を与えていることとか……」

「でもそれってほんとうに必要なのかもしれないよ」哲浩は言った。

哲浩にはなにもわからなかった。彼にとって、人生とはつまり食べて飲んで遊ぶことであって、他人の生死には特別な思い入れはなかった。政策の問題についても関心がなく、たまにフェイスブックで友人が呼びかける何かの活動に、ネット上でいいねを押すくらいだった。けれどもほんとうに少しでも何か貢献したいと思ったところで、彼はめんどくさがり屋なのだ。

「それはみんながいちばんやりやすく、あるいは手っ取り早くカネを稼げる方法で目の前の問題を解決しようと思っているからなんだ。当時の美濃のダム建設と同じようにね。明らかに別の方法はあるのに、犠牲者が出るのを厭わないんだよ」

哲浩は以前傑森が彼に話したことを思い出して、自分はこの土地に生活しているのに少しも関心を持たず、逆に国外に住んでいた傑森のほうが彼よりよくわかっていることを心底恥ずかしく思った。けれども彼は目の前のこの男がくどくど話すのを聞きたくもなかった。傑森は正義の魔人で、話し出したら止まらなくなってしまうのだ。とくにこういう類の問題については。彼も関心がないわけではない。ただ無力さを感じるだけなのだ。一匹のアリがどうして大きなゾウを倒すことができるのか、というふうに。ＬＧＢＴ運動も同じだ。始まってもう何年にもなるのに、生活は元のままで、いつまでも誤解や差別を受け続けているじゃないか。

「なにを考えてる？」傑森は訊いた。

「なにも」

傑森は彼を胸に抱いた。彼にも父親や兄弟や恋人ができたみたいだった。傑森を通して家に繋がったようで、彼は傑森に家の縮図を見ていたのである。小さいが、ぬくもりのある灯りだ。心のなかで傑森に訊ねる。恋人同士に戻れるかな。でも次の瞬間思った。どうして自分からめんどうの種を拾いに行こうとするのか。彼と傑森は自由に慣れてしまった二人なのだ。縛りつけてしまうよりもこのままのほうがいい。

傑森の手が不埒に動き始める。彼の気分にも火がついた。二人は互いの服を脱がせる。窓の外から光がこぼれ落ちていた。彼は目の前の男を見つめた。かつてはこんなにも近くそして遠かった。いままたそばにいて、傑森の身体はもう若者から大人の男へと成長していた。自分だってそうだ。自分は若い男の身体に夢中であると思い込んでいたが、傑森の身体も当時と引けを取らない。肉付きがよくなって熊のようになったが、魅力的な雰囲気は昔のままだ。数年が過ぎ、多くの辛酸をくぐり抜けたような悲愴感はないが、人生経験のなかで得たことも加わった。自分にはもともと傑森に対する離れがたい恋慕の気持ちがあったのだ。ここ何年かの放縦な生活はすべて二人のこの再会の瞬間のためのものに過ぎなかったようだ。でも哲浩には傑森がどう思っているのかわからなかった。もしかすると、彼はあいかわらず不真面目なままで、自分は彼にとっての暇つぶしのデザートに過ぎないのかもしれない。あるいは傑森はアメリカでディナーに食べ飽きて、ちょっと味を変えてみたいだけなのかもしれない。

二人は愛し合った後、汗びっしょりで眠りについた。黄昏時の光がぼんやりしているなか、哲浩はこのことは心の奥にしまっておくことに決めた。問い詰めたり、論破したり、はっきりと言ったりしないこと。そうすればこのままの状態を続けていられる。バランスが崩れてしまったら、こんな温もりさえ感じられなくなるだろう。夕食の後、傑森はスクーターに彼を乗せて美濃の街をめぐった。彼は頭を傑森の背中にぴったりとくっつけて、彼が話すたくさんの話を聞いた。ここ数年の時間をすべて補って、まるで二人は一度も離れ離れになったことなどなかったかのようだった。彼は傑森と美濃で三日を過ごしたが、時間はゆったりと流れ、二人はただ散歩したりおしゃべりしているだけでよかった。その他のことは傑森の母親が世話を焼いてくれる。二人に朝食やおかし、昼食やおやつ、夕食や夜食を食べさせて、早く寝るように言った。一緒に寝るようにとは言わなかったが、二人はやはりそのようにした。

翌日、傑森の母親に別れを告げて、二人は哲浩の、高雄にある塩埕（えんてい）の実家に向かった。哲浩の心は戦々恐々としていた。もともとはかたくなに外のホテルに泊まろうとしたが、母親のほうは怒って譲ろうとしなかったので、妥協することにしたのだった。父親に会っても、彼に話すことは何もなかったし、きっと父親も彼に話すことは何もないだろう。家に入るなり父が口を開いた。

「小浩（シャオハオ）、まずはおばさんに線香だ。さあさあ！」父が手招きすると、彼はためらいながらも近づいた。父は線香を手渡すと、傑森にも声をかける。「さあさあ、身内みたいなもんだから、きみも拝みなさい。おばさんに挨拶するんだ」線香を受け取ると、二人は部屋に入って手を合わせた。

「おまえの友だちには見覚えがあるなあ」父親は言った。

「僕の大学の同級生なんだよ。アメリカ留学から最近また戻ってきたんだ」

「時間がある時はなるべく帰ってきなさい。友だちを連れて遊びに来るといい」

哲浩は疑い深く母親を見つめた。父さんはいったいどうしちゃったんだ、と言いたかったのだ。かつての衝突はまるで自分の妄想が作り出したみたいだ。父親は他人の前では外面（そとづら）をよく見せたいのではないだろうか？　母親は言った。「そうよ、出ていったきり姿を見せなくなるなんてダメよ。家では二人の年寄りがあんたを待ってるのよ」

「おじさんおばさん、俺が彼をひっぱって帰ってくるようにしますよ」

哲浩は心のなかで叫んだ。これは父さんがいい人を装った罠に過ぎないんだよ。それなのにきみは真に受けちゃって。父さんは、ボーイフレンドを連れてきてこれでもかと見せつけようとしているると知ったら、また僕が父さんと衝突しちゃうじゃないか。

「傑森を連れてちょっと散歩してくるよ」哲浩は慌てて言った。

「この子ったらまったく。椅子もまだ温まっていないっていうのに」母は言った。

「夕食は一緒に食べるんだから忘れないようにな。母さんがたくさん準備してるんだから」父は続けて言った。

家を出るや哲浩が言った。「きみも頼むよ。父さんは同性愛が嫌いなんだ。ずっと僕に結婚しろって言うし」

「そうかな？　お父さんは物わかりがいいように思ったけど」

「客の前ではいい格好をしているだけだよ」

「でもお父さんだって成長しているんじゃないかな。どうやってきみとやっていけばいいかってことを学んでいるんだよ」

「わからない。少なくとも僕には感じられない」

「俺のお袋がいい例じゃないか！　お袋はすごく保守的で、前はずっと俺に結婚しろと言い続けてきた、家で一人だけの男だからね。その後俺は国外に逃げたけど、お袋はそれでも見逃しはしなかった。俺に言ったんだ。中国の女の子でも西洋の女の子でもいいからって」

「じゃあその後どうやって話をしたの？」

「はっきりと言ったわけじゃない。お袋には、自分のことは自分で面倒見られるよって言っただけ。たぶん家族が一番心配なのは、同性愛のことではなくて、誤解されたりいじめられたり、将来世話をしてくれる人がいなかったらどうすればいいかということなんだと思う。もちろんエイズのような病気にかからないか心配してるかもしれないね」

「きみはお母さんとそんなにいろいろ話したんだ」

「一進一退の長い時間が経って、お袋は歳をとればとるほど、弱ってきた。俺たちとのシーソーゲームに勝てるわけがないよ。それに俺は一年に何度かしか帰省できないけど、俺に会えたらお袋は嬉しいのさ。しかも俺だってマイクがアメリカで世話をしてくれてることを匂わせていたし。姉貴もたくさんいるから、みんな子どもをお袋に預けて世話してもらってるんだ。忙しくて眼がまわるくらいだろう。俺にかまう時間なんてないのさ」

「僕にはかばってくれる姉がいないから、父さんは僕のことを全身全霊で見ているんだよね」

「だからもっと行動で示さないと。お父さんを心配させちゃダメだよ」

「頼むよ。父さんはきみが思うほど物わかりはよくないから」

「時間が経てばどちらかが折れるんだろう。もしもきみじゃなかったら、お父さんの方だね」

「もしも僕だったらどうする?」

「どうするもこうするもないよ。みんなもそんなふうにしているんじゃない?」

「そうだとしたら、一方にはすごく不公平じゃないかな。社会問題になるんじゃないのかな?」

傑森は肩をすぼめた。彼はいつも戦闘モードで、多くの問題について自分の考えをきちんと持っている。でもこの話題については妥協した。傑森は結論を出した。「これがつまり人生なんだよ。

自分から与えてこそはじめて得るものがある。さもなければ、人になにを押しつけられても、行儀よく受け取るしかないだろう」

彼と傑森は対岸の旗津（きしん）行きの船に舳先から乗った。海風が吹いていた。二人は船の前の方に立って、厳しい陽光が照りつけるなか、光できらめく海面を見つめた。すぐに船は対岸に着いた。哲浩が振り返ると、傑森はまだそこにたたずんだまま、ぼんやりとしている。彼はこの航行中に傑森を失ってしまうかもしれないと思い込んでいた。旗津に着くと、彼は傑森を連れて通い慣れた星空トンネルに入っていった。長い長いトンネルの先には光が見え、トンネルの出口はまるで枠のように海を切り取っている。海の向こうには戦艦があり、それが海に勇壮さを与えている。トンネル内の上部には人工的に造られた蛍光の星座があった。傑森はさそり座で彼はてんびん座だ。二人は一つひとつ指でさしながら確認していった。自分は傑森についてたくさんのことを知っていると哲浩は思った。コーヒーは砂糖を入れないで飲むのが好きだし、フランスパンはまるごとかじるのが好き。海辺で日焼けするのが好きだし、シンプルなコットンのTシャツに短パン、ゴム草履で出かけるのも好き。絵を描いたり歌をうたったり、ワインや美味しいものや旅や読書も好きなんだ。けれど傑森が心のなかでどんなふうに彼を見ているかはわからなかった。昔の恋人？　親友？　それとも家族のような存在？　彼は傑森とトンネルの中に腰を下ろした。太陽を遮ることもできるし、海風も吹いてくる。すぐに熱気を吹き飛ばしていった。

「ここが好きだなあ」傑森が言った。

「ここが？」

「うん」

「どうして？」

「秘密」

帰宅すると、テーブルいっぱいに料理が並んでいた。傑森がまだシャワーを浴びている間に父親は言った。「父さんはしばらく考えてみたんだ。おまえは間違っていない。もしも人生が一度きりだとしたら、俺は一生懸命に幸せに生きようと思う。だから……」傑森がちょうど浴室から出てきたので、父は続きを言わずに、テーブルに傑森を呼んだ。「いっぱい食べてな。自分の家だと思ってくれよ」

哲浩は父親を見つめて、ずいぶん年取ったことにようやく気づいた。時間は確かに父親を妥協させている。大きな口にご飯を運ぶと、やはり母親の得意料理はおいしかった。長いこと外にいると、この味が懐かしくなるのだ。けれども父親とこんなに早く和解できるなんて、自分でも怖くなった。父の言葉になにかが隠されているのではと心配になる。病気にでもなったのではないかと。夕食後こっそり母に訊ねてみた。「父さんはどうしちゃったの？　病気なの？　なにか隠してることがあるんじゃない？　まさかがんじゃないよね？　でなけりゃなんであんなことを言うんだろう？」

「あんたこそいったいどうしたの？　やたらと心配して。お父さんはね、前からずっと供養してくれる人がいなくなるのを心配していたの。私がお父さんにもう納骨壇を買ったと言ったから、それでたぶんくよくよしなくなったのよ」

「納骨壇二つくらいで悩みがなくなるんなら、とっくに世話してあげてたのに。その二つは僕がお金を払うよ」彼は笑って言った。

「そうね。でも三つなのよ」母親は洗い物をしながらまじめに言った。

「三つ？」哲浩は手伝って受け取ったあと布巾で拭いた。

「あんたの大おばさんのを入れてね」

「ああ」

夜、彼は傑森と食後の散歩に出かけた。二人は愛河（あいが）を五福（ごふく）橋の上から眺めた。順番に中正（ちゅうせい）橋、七賢（しちけん）橋と続き、それぞれの橋はライトアップされてまばゆくうっとりするほどだ。水面には灯りが照り映え、何羽ものゴイサギが橋の下から飛び立っていった。夜の風が吹いてきて、傑森は言った。「高雄がこんなに変わったなんて知らなかったな」

「うちの父さんもあんなに変われるんだから」

「じゃあきみは変わった？」

「自分の腹を見てみろよ。きみだってこんなになっちまったのに、僕が変わらないわけないだろう？」

「きみの口が悪いところだけはやっぱり変わってないけどね」

二人はおしゃべりや風景を共にしながら、ゆっくりと歩いた。ほとんど塩埕の大半を歩いてから家に帰ると、客間はもう暗かったが、祭壇には微かに灯りがともっていた。まるで大おばがこの家を守ってくれているようだ。もしかすると大おばがこっそりと手を貸してくれたのかもしれない。そこで哲浩は位牌に向かって手を合わせなんども拝んでから傑森と部屋に入った。

二人は部屋で疲れはてるまでおしゃべりしてから眠りについた。目覚めると哲浩は台風がパレードに影響しないか心配したが、外が晴れているのを見てほっとした。二人は通行人のような格好で家を出た。文化センターに集合してから五福路に沿って中央公園まで歩いた。短い道のりだけれど、哲浩はまったく想像もしていなかった。彼は傑森やたくさんの人たちと中央公園に腰を下ろしてパフォーマンスを鑑賞したり講演を聞いたりした。六色の虹がひらひらと舞っている。紫は芸術、青は自由、緑は自然、黄は希望、オレンジは力、赤は性愛。彼は傑森を見つめて、彼は何色だろうと考えた。そして自分は？

「六つの色のなかで何を選ぶ？」哲浩は訊ねた。

「俺はきみを選ぶよ」

まるでかつての単純で心配事などなかった学生時代に戻ったようだった。あのころ二人はなにも知らない白だったのだ。いまはもうなんでも知っている。虹の六色のすべてが混じりあった黒なのだ。

ステージでのパフォーマンスが熱烈な拍手に変わると、司会者は気持ちのこもった話しぶりで少年Yの母親の登場を紹介した。彼女は、子どもが校内でいじめに遭い原因不明で亡くなったという苦しみを経験し、いまは痩せて弱々しいけれども強靭さも具えている。彼女は口を開いた。

「子どもたちよ！　勇敢になってください！　神様があなたがたのような人間を創造したんですから、きっとその使命があるはず。それは人権をつかみ取ること。自分らしく生きるのよ、怖がらなくていいわ！」

最後の拍手にすすり泣く声が加わって、いつまでも止まなかった。そして市長が挨拶しているとき、司会者は後ろの方から大きな垂れ幕をひっぱりだしてきた。そこにはこう書いてあった。「高雄をLGBTの人たちが帰ってきたいと思えるような都市へ」哲浩はまるで長年故郷を離れていた自分のことを言われているような気がした。それが高雄だけで起きているのではないことは彼も知っている。きっと、どんな都市や国の人でも同じように、家はあるのに帰れなかったり、帰りたくないというような状況はあるのだろう。ステージの上も下もまだ賑やかで、傍らの手が彼の手をしっかりと握っているのを感じていた。傑森は言った。「俺はここが好きなんだ。単純にどこかを指しているわけじゃない。きみがいる場所だからだよ。これは嘘じゃない。長い間、俺の心にはずっときみがいたんだ」

「僕には僕の生活があるんだ」こんなに長い時間が経つのに、彼はまだほんとうのことを言うことができない。

「わかってる。だから俺も言うべきかどうかわからなかった。でもやっとの思いで言ったんだ。だからちょっとほっとしてる」

「きみはあのときアメリカへ留学に行くと言ってそのまま行ってしまった。こんなに長い時間が経ってから、そんなことを言うなんて」哲浩は手を放した。「自分は口に出してほっとしたかもしれないけど、じゃあ僕は？　この気持ちを引き受けろってこと？」

「悪かった。きみを傷つけることになるなんて思いもよらなかったんだ」

「うそだよ。僕は傷ついてなんかないよ。きみがそんなふうに言ってくれてとてもうれしい。ただ僕らはまた一緒に生活していけるかな?」

「試してみるべきだよ」

「僕には自信がない」哲浩は正直に言った。

「俺にはある。信じて」

哲浩は思った。二人は、これからは父なし子ではない。彼は父親と和解して、父親にはあのころ果たせなかった責任を果たしてもらうことになるだろう。以前の自分への借りを一度に返してもらうのだ。一つは彼に、もう一つは父のいない傑森に。そして彼と傑森も力を尽くして父親に二人分の遅れてきた愛を届けるのだ。

あともう少し、家はもうすぐそこだ。

無声映画

少年Yの母親はいつも泣きながら目覚める。夢の中の息子がなにか話そうとするので、彼女が慌てて聞こうとするといつも画面はすばやく巻き戻されたり、あるいは早送りされたり、別の映像がカットインしてくる。無音のビデオテープをむりやり見せられているようだった。一度また一度と。彼女にはこの世界がどうなってしまったのかわからなかった。他人を傷つけることがこんなにもたやすいことになるなんて。まるでテーブルの上のアリをひねりつぶすような手軽さだ。あの子どもたちはいまどうしてるんだろう？　食事はのどを通るのかしら？　安心して眠れる？ほんの少しでも恥じ入る気持ちはあるの？　それとも次のターゲットを探している？　それら答えのない疑問が、四方八方から襲ってくる石礫のように、しょっちゅう彼女を痛めつけた。痛みはあっても、やはり日々を過ごしていかねばならず、息子一人を失っても、守らねばならない家庭は残っている。夫は息子の死という大きなトラウマで感覚器官に異常をきたし、この世界の音が聴こえなくなってしまった。幸い夫婦には何十年もの間に培った以心伝心で、夫の世話は彼女がきちんと行えている。けれども彼女の世話は誰が見るのだろう？　彼女も自分の眼が見えなくなればいいと思っている。そうすれば不当で正義にもとることなど見なくてもよくなるからだ。嗅覚がなくなれば、子ども部屋の独特な匂いが彼女を悲しませることもない。自分がしゃべれなくなれば、報道機関に息子がいない事実について繰り返し向き合わされることもないだろう。夢の中で、彼女は夫と同じように転換性障害に罹ってしまったようで、彼女の周囲には無声の画面が立体的に投影されている。息子が話したことのある断片が映像として編まれている。息子は怯えながらあの巨人のような子どもたちから隠れるが、彼らはやすやすと指で息子を虫のようにつかみ、そっと置くと、息子は地面に座り込み、なんどか身をよじらせると動かなくなった。

夜が明けると、一日の始まりだ。彼女はまだベッドで駄々をこねて起きない下の子を起こす。Yのベッドは掛布団がきちんと折りたたまれており、あの子はいつだって人に心配をかけさせるようなことはなかったと思った。起きて最初にやることは、自分で丁寧に掛布団を折りたたむことだ。逆に下の子はいつも布団をそのままにしているので、兄を見習うようにと言うと決まってこう言う。「毎日寝なきゃならないんだよ、そうでしょ？　いまきれいにしたって、夜になったらまた乱れちゃうじゃないか」

彼女は言い返す言葉が見つからなかった。でも今はYのベッドが乱れていてほしいと思う。そうすれば彼女は、夕方になればYが軽快な足取りで帰宅して夕飯を食べるのだと間違えて思い込めるだろうから。Yはいつも遠くから彼女を見つけると大声で叫んだ。「母さん！　母さん！　ただいま」それら日常の一瞬が、今となってはいちばん人を傷つけるシーンなのだ。時には田んぼで夕方まで仕事をしていると、よその家の子どもたちが次々に帰ってくる。下の子も帰ってくるのだが、彼女はなんだか落ち着かず、胸に何かが引っかかっている。考えてみると、彼女は実はYが帰ってきて彼女にこう叫ぶのを待っているのだと気づくのである。「母さん！　母さん！　ただいま」鳥たちはチーチーザーザーと遠くから木の梢の巣まで飛んで帰ってくるのに、Yは遠くへと行ってしまったままなのだ。

一日はこうしてなんの音も気配もなく過ぎていき、翌日もまた同じように続いていく。

朝は夫と朝食を一緒に食べるが、夫は相変わらず黙ったままだ。二人が知りあった子どもの頃から、夫は口数の少ない誠実な人で、一家を養うのにすべての気力を使って、季節に従って仕事をし、農作業に全力を注いできた。他のことにはほとんど口を出さず、彼女が言うことに、夫は黙って従った。彼女はいまでも昔Yをおんぶして田んぼで作業したのを覚えている。というのは息子を傍らに置いておくのが不安だったからだ。村には野良犬が多く、ちょっとした不注意ですぐに息子を咥えていってしまうかもしれない。息子をおんぶして、泣き声や気持ちよさそうな寝息やいびきを聞いていると彼女はようやく安心できる。時々お話してあげると、息子が小さい顔をぴったり彼女の背中にくっつけて聞き入っているように感じるのだ。お話を聞いているうちに、息子は彼女の背中から滑り降りて、地面をよちよち歩き始め、それから駆け出すようになった。お話を聞いているうちに、息子は終わりのない質問をしてくるようにもなった。「ママ、お花？お花？」「お空はどうして青いの？」「こうもりはどうしていつもぶらさがってるの？」「この田んぼはいつ収穫できるの？」「ぼくはいつになったら大きくなれるの？」「どうして学校の同級生たちはいつもぼくを笑ったりいじめたりするの？」

彼女に答えられる質問も答えられない質問もある。たとえば、息子はどうして体は男なのに心は女の子のようなのか？　どうして他の男の子たちは鬼ごっこばかりしているのに、息子は女の子たちとままごと遊びをするのが好きなのか？　どうしてあのいじめっ子たちはまともなことをしようとせず、何が何でも彼女の息子に難癖をつけようとするのか？　答えのない問いはそのままにしておこう、彼女は運命とあきらめて思った。息子がいじめられている以上その原因を考えても仕方がない。とはいえ学校でのいじめに対して、親としてどう対処すべきだろう？　彼女は息子に、まず自分を改めることから始めようと伝えてみた。彼女の知識は多くはないが、身の処し方の基本はどこでも同じだろう。たとえば息子が隣の子とケンカしたら、どちらが悪いのかを聞く前に、彼女は必ず自分の息子を叱って、家に帰ってからしっかり慰めてやるのだ。息子は彼女の話をよく聞いて、ますます行儀よくなるが、あのわんぱくな子どもたちはネズミをなぶるネコのように一人ひとりが言葉や暴力でまた彼を泣かすのである。「どうして学校の同級生たちはいつもぼくのことを笑ったりいじめたりするの？」息子はまたこんなふうに訊ねる。今回は、彼女は消極的な向き合い方をやめることにした。夫からの助言は期待できない。そこで一人で小学校の先生を訪ねた。先生は言った。「児童はただわんぱくなだけで悪気はないんです。我々もこういうことが起きないように努力しています。でも問題はやはり……お母さんもおわかりと思いますが、ああいうお子さんは人目をひきがちです。お母さんのほうでも、彼を小児精神科に連れていくことをご検討なさったら。我々はお子さんに問題があると言ってるんじゃないんです。彼の精神状態はお医者さんの手助けが必要ではないかということなんです。もちろん学校としては他の子どもたちを指導して、このようないじめ問題が起きないようにしていきたいと考えています」

家に帰ると彼女は息子を慰めた。「先生はね、あの子たちはおまえとふざけているだけだって言ってたよ」

「ぼくは嫌だ」

「じゃあの子たちから離れたらいい」

「ぼくがどれだけ遠くに離れても、ぜったいにぼくを見つけて難癖をつけてくるんだ」息子は哀願した。「母さん、ぼく学校に勉強しに行かなくてもいい？」

「おまえったら、なんてことを言うの。おまえは学校に行って、独り立ちすることを学ばなきゃならないの。もしもこういうことに出くわして自分で解決できなかったら、だれが将来おまえのために助けてくれるっていうの？　母さんは学校に行って先生に一度でも二度でも三度でも相談してあげられるけど、母さんにも仕事があるから、いつまでもおまえを送り迎えして守ってやることはできないんだよ」

これには答えがないことを彼女は知っていたし、解決する方法は持っていなかった。問題を息子に投げ返すほかなかったのである。

「うん、わかった」息子はすなおに頷いた。

夜、彼女は夫に、教師の提案について話した。夫は余計なことはぜったいに言わない。こう言っただけだった。「おまえがどう判断してもいい、おまえがよければそれでいいよ」

彼女は医師に診察時間を問い合わせ、水曜日に息子の休みをもらって、長距離バスでよその街にあるその大病院へと向かった。彼女は医師と長いこと話して、息子はなんの問題もないのだと感じた。確かに女の子っぽいところはあるけれど、大きくなったら変わる可能性もある。ただ近所の人や教師が、この子には問題があると彼女に思い込ませてきただけなのだ。彼女が自分の困惑を医師に伝えると、医師は冷静にそして言葉を慎重に選びながら答えた。「お子さんの心理状態に問題はありませんよ。彼は自分の状況をよくわかっています。逆にご両親の躊躇されたり決心がつかないようなお気持ちが、お子さんの心情に影響しているのかもしれません。もしも可能であれば、次回の診察ではご主人といっしょに来ていただけませんか？　このようなお子さんにはご家族の力強いサポートが必要なんです。それではじめてお子さんも強くなれると思います。ご両親はお子さんの後ろ盾ですから、あなたとご主人とお子さんにいっしょに家族治療を受けていただきたいんです。あなた方がこのお子さんのことをもっと理解できるようになるだけでなく、どのように彼をサポートできるのか、他人の視線にどのように向き合うべきかといった問題についても理解が進むと思います」

次回の診察の予約をしてから、彼女は息子の手を引いて病院を出ると、そこには映画館があった。真夏の太陽は人を暗がりへとあとずさりさせ、映画スターは歯を見せて笑いながら、「いらっしゃいませ」と言っているようだ。彼女は息子と自分の分のチケットを買って映画館に入った。平日の映画館はがらんとしていて、みんな席をずらして離れて座っていた。息子は手にしたお菓子を一心に食べながら映画が始まるのを待っている。映画は、スターになりたい男が舞台の上や下で大立ち回りをするというもので、舞台を降りると俳優さながらに人のために借金の取り立てをしようとするが、失敗して逃走する。前半は息子も笑いながら見ていた。それはチンピラが主人公を追いかけて走っているシーンで、息子は彼女の手をきつく握って放そうとしなかった。映画の結末は、主役が偽りを本当のように演じ、本当のことを芝居のように演じ、その真偽の間で思いがけず警察に代わって事件を解決するというわけだ。舞台の上でも下でもほんものの喜劇王となるのである。

映画が終わって、長距離バスの中で息子が訊ねる。「母さん、明日も今日みたいに学校を休んで病院に行くんだよね。学校に行かなくていいよね」

「バカな子ねえ、どこに毎日病院に行く人がいるのよ」

「もしぼくが風邪で入院したら？」

「それなら注射を打って薬を飲んでおけばよくなるわよ」

「じゃあ交通事故で骨折したら？」

「ギプスを巻けばいい。様子を見て車椅子か松葉づえがあれば学校に行けるよ」

「じゃあ……」

「わかったわかった。そんなにあれこれ考えて、意味のないことを言わないの」

時の流れが速くなり、息子は中学に上がった。彼女も息子も心のなかで同じようなことを考えていた。新しい始まりには新しいきっかけがあるかもしれず、すべてがよくなっていくかもしれない、医師だってそう考えていた。息子は新しい鞄に新しい制服、新しい靴にベルト、すべてが新しくなったが、同級生は変わらなかった。悪夢の再来だ。次々と世に出る映画の続編のように、殺人鬼は以前よりいっそうひどくなり、やり方も古いものから新しいものへと変わり、過去の古い芝居は淘汰され、時代と足並みをそろえ観客の好みをしっかりつかんでいる。以前は言葉による攻撃ばかりだったが、いまは身体的な接触がずっと多くなり、息子が彼女に泣いて訴えれば訴えるほど、母親としての無力さを感じるのだった。彼女は再び学校を訪れ教師の手助けを頼んだし、思いつくことはほぼすべてやり、残っているのはいじめっ子らの前に跪きやめてもらうよう直訴することだけだった。彼女の息子は彼らと何も変わらない。おしゃべりしたり笑ったり、たまに彼女を怒らせることもあるけど、うれしくなることの方がずっと多い。彼女はいっそのことあの言葉やげんこつが、息子のひ弱な身体ではなく、自分の身体に降りかかればいいのにと思った。彼女は息子に言った。「母さんがおまえにしてあげられるのはこれくらいよ。もっと強くなりなさい。そしてあの子たちから離れるのよ」

息子はすなおに頷いた。

彼女はまるで同じ言葉と情景がまた繰り返されるようだと感じた。テレビで繰り返し再放送される映画の物語のように。この悪夢はいったいいつになったら彼女や息子のそばから消えるのだろうか?

その日を境に、息子は、同級生がどんなふうに理由もなく殴ったのかとか、トイレでどんなふうにむりやりズボンを脱がされたのか、彼が女っぽいから気持ち悪いとどんなふうに言ったのか、どんなふうに彼を脅して宿題を手伝わせたのか……といったことをめっきり話さなくなった。彼女は学校での息子の状況が好転しているのではないかと思い込んでいた。というのは息子はいつも歌の練習をしていたからだ。壁に向かって、浴室に向かって、花に向かって、草に向かって、空に向かって、あの夕陽にも向かい歌をうたった。「だれの心にも一畝一畝の田んぼがある、だれの心にも一つひとつの夢がある、種よ、一つの種よ、それが私の心のなかの一畝の田んぼよ」

「なにをうたってるの？」

「学校の合唱団の曲だよ」

当時彼女は息子が何の歌をうたっているのかわからなかった。けれども息子が鳥がチーチーザーザーと囀り続けるように、うたうのをやめてご飯をちゃんと食べようともしないのは、楽しく歌をうたうためだったのだ。食事の時、夫がようやく口を開いた。「ちゃんと飯を食べないで、米粒を鉄砲玉みたいに噴いたら、おまえの弟の顔が米粒だらけになっちまうぞ」

息子はやっと笑いながら手で口を押えた。

あの時、息子はあんなにも楽しそうだったんだから、彼が不幸せだったなんて誰にもわからなかっただろう。

息子が亡くなってから、机に置いてあったこの曲の歌詞を眺めた。カセットレコーダーには息子が自分で録音した声が入っていて、何度も繰り返しうたっている。彼女は息子を思い出すときはいつも、がまんできずに再生ボタンを押してしまう。歌のなかには息子の夢があった。息子はかつて音楽によって桃や李や春風、そして自分の存在する未来の種を植えたのだ。梨の花は咲き終わり、春はもう訪れたのに、おまえはどうして帰ってこないんだい、と彼女は訊きたかった。もしこれが自分の夢、息子を失うという夢に過ぎないのなら、どうしてまだ覚めないのだろう。たとえ現実がほんとうに音のない白黒の世界だとしてもかまわない。すくなくとも息子がいてくれさえすれば、彼女は過去をひっくり返し、勇敢に立ち上がってすべてを阻止することができる。そして息子が殴られていることをメモに書いて彼女に伝えたときに、冷静に「男の子なんだし、おまえがまちがったことをしているわけでもない、怖がってちゃダメ」などと言ったりはしない。けれどもその音のない世界もとても怖い。いじめっ子の悪ガキたちはみな巨大化し、彼女はただ息子が繰り返しいじめられるのを見ているしかないのだ。

彼女はあいかわらず定期的に医師の診察を受けに行っていた。けれどももう彼女と寄り添って長距離バスに乗る者はいない。以前、息子はいつも静かに座席に沈み込んで、どこで聞いてきたのかわからない笑い話を話していた。あるいは毛糸を編んだり人形を作ったり、時には優しく彼女の肩を叩いたり、のどが渇いてないか聞いてくれたりした……こんな子はいろんなところでみんなに可愛がられるべきではないか。そんな疑問が彼女の頭から出ていかないのだ。寝ているときも彼女の周囲をブーンブーンと取り囲んでいる。医師は彼女に睡眠薬を処方した。一日一錠だ。一日一錠、ブーンブーン、明日も仕事があるというのに！　彼女は自分が田舎に開いた理髪店のことを思い出した。息子は放課後になるとしょっちゅう手伝いに来てくれて、会う人ごとにあいさつし、そうでなければ自分から客の洗髪やマッサージを手伝った。息子がいなくなって、近所の人は彼女が寂しがっているのを心配してなのか、前もって示し合わせて来ようとしたのかどうかわからないが、小さな理髪店はいっぱいになり、みんなのひと言ひと言が悲しみを和らげてくれるのだった。けれどもどうしても眠れない。一日二錠、ブーンブーン。下の子が言うには来週学校で運動会があるらしい。行くべきかどうか彼女にはわからなかった。学校に着いたら心がかき乱されて立っていられなくなるのが心配だった。息子の魂がまだトイレの中でさめざめと泣いているのではないか。考えると気が気ではなくなりもっと眠れなくなる。一日三錠、一日四錠、一日……夫は多くを語らず、黙って彼女の睡眠薬を隠してしまった。

「私の睡眠薬見なかった?」彼女は訊く。

「全部捨てたよ。あんなでたらめな飲み方をしてはダメだ」夫の体調はだんだんよくなり、息子がいないという事実をほぼ受け入れられるようになった。トラウマが軽減した後、聴力も回復していた。

「ちょうだいよ。飲まないと眠れないから」逆に自分はずっと夢を現実にしたかったのだから、眠り続けてはじめて、息子に真剣にわびることができるというわけだ。

「眠れないのは心配ないさ。疲れたら、体は自然に休むものだよ」

「明日もお客さんの散髪をしないといけないから、それではダメよ」

「しばらく店を閉めたっていいじゃないか。体をいたわるほうがだいじだぞ」

「ダメよ。返してちょうだい。心がとっても痛いの。わかる? 私は憎い、あの連中が憎いわ。私は自分も憎いの。どうして自分があんなにあの子をだいじにできなかったのかってことが悔しいの。あの子を……」

「俺たちとあの子の縁はそんなふうに薄いものだったんだよ。もう悲しむのはやめよう。これからも毎日生きていかなきゃならないんだ」

「私はイヤ！　あきらめない！　私は息子をもう一度生みたいの。次は女の子に生まれ変わってもらうわ。いいでしょ？」

夫はきつく彼女を抱いた。彼女は漆黒の部屋の中で夫がかすかにむせび泣く声を聞いていた。

「おまえがどう判断してもいい、おまえがよければそれでいいよ」

けれども恨みは、そんなに簡単に消えるものではない。

彼女はあいかわらず病院に通い、毎回薬をもらって診察を受けると、当時息子と一緒に病院にきた水曜日を思い出す。息子は毎週一日休みをもらって、家族治療を受けた後はいつも、三人は外の小さな軽食屋でテーブルを囲んだ。この子は食べることに特に敏感だったし、自分で料理の実験をするのも好きだった。理髪店が忙しい時は息子に全部任せたことが何度もある。息子は小学生のころから手伝いはじめて、中学に入ると料理の腕も日増しに上達し、休みの日には彼女と市場へ行っていっしょに料理を考え、帰宅すると食材の処理を手伝った。息子の性格は物静かだったが、気を利かせ楽しみながら家事を手伝ってくれた。それに比べ、下の子は一日じゅう朝から晩まで外で遊んで、暗くなるとようやくそそくさと帰宅する。ご飯を食べたら風呂に入り、ゲーム機に熱中するのである。食器洗いもゴミ出しも家事もしない。お使いを頼もうとしても、いろいろな言い訳をして横着をしようとする。ここまで考えると、彼女のあの連中に対する憎しみはより強くなった。医師は言った。「あなたは彼らを憎むことができます。けれど憎しみでは決してなにも変わりません。角度を変えてみれば、憎しみのエネルギーをあなたのお子さんと同じような境遇の人たちを助けることに使うこともできます。お子さんに対してできなかったことをできるかぎり多くの人に伝え、他の人たちにこのような子どもたちをのけ者にしないようにさせるのです。物事の良し悪しもわからない子どもたちを憎むことにエネルギーを使うより、むしろそれをもっと意味のあることに使う方がいいんですよ」

病院を出ると、彼女は一人で映画館に行き、いちばん隅の席に座った。彼女はスクリーンにどんな物語が展開しているのか、気にもとめなかった。ここなら彼女は安心して泣けるのだ。あの子どもたちはいまどうしてるんだろう？　食事はのどを通るのかしら？　安心して眠れる？　ほんの少しでも恥じ入る気持ちはあるの？　それとも次のターゲットを探している？　彼女はもうこんな質問の答えを追いかけたくはなかった。この社会には息子と同じような境遇の生徒たちがいて、まさに同じような問題に直面していることを、彼女は知っていた。彼女は、あの音のない白黒の画面を取り出して、世の中の人たちに眼を向けてもらおう、そう決意したのだ。なにも話さないのは、怖がっていないということではない。なにも伝えないのは、だいじょうぶということではない。わが子を救えなかったのは悔やんでも悔やみきれないが、しかし同じような子どもたちを救うことは彼女の最大の願いになったのだ。暗闇の中、息子が横に座り、彼女の手をつかんでそっといたわってくれているようだ。「母さん！　母さん！　泣かないで！」

できることなら、自分の無能を悔いて泣くのはこれで最後にしたいと彼女は思った。

時は、子ども一人が亡くなっても止まることはない。彼女は時に押されるように前に進んだ。眼はかすむし、以前よりてきぱきと仕事もできなくなったが、人権やいじめやジェンダーに関わるようなテーマのイベントからの依頼がありさえすれば、できる限り時間を作って、一人の母親として子どもたちのために声をあげた。

それから十年以上が経った。南部の太陽はあいかわらずで、さきほどの恵みの雨もまるでなかったかのように、黒雲もステージ下の熱気にあふれた子どもたちによって退散させられ、レインボーフラッグが舞っている。これが高雄ではじめてのＬＧＢＴパレードだ。彼女は自分がただの田舎者だということをわかっている。知識も他の人より多いわけではない。けれども一人の母親が立ち上がりたいと願いさえすれば、より多くの母親も立ち上がれるようになるのだ。湧き上がる拍手とともに彼女はマイクを手に話しはじめた。「あなたたちに出会えて私はとてもうれしいです。高雄で出会うことができた。高雄は進歩しているんです。保守的な考えにぎゅうぎゅうに縛られるようなことはもうない。ただ少し遅すぎた。私はこの高雄で、この南部で、もう十数年もあなたたちを待っていたんです。あなたたちはもっと早く街に繰り出すべきだった。だってあなたたちはなにも間違っていないんですから！　なにも間違ってはいない！　親たちの多くはこのことを面汚しだと感じているかもしれない。でも子どもがいなくなってからでは、後悔してももう間に合わないんです。私のような人間はつまり無知だったってことです。本当になにもわかっていなかった！　あなたたちのなかにある、あの目に見えない何かというのは、自分で制御できるものではないんです。私が無知でなかったなら、息子は死ななかったかもしれない。もしもジェンダー協会と出会わなければ、私も変われなかったでしょう。私のようなただの農民が、ここに立って話をし、皆さんの涙を誘っているなんて言わないでください。子どもたちよ！　勇敢になってください！　神様があなたがたのような人間を創造したんですから、きっとその使命があ私は田舎者で、学もなにもない。でもこうしてはっきり口にしてしまったんです。私はわが子を救えなかった。だから、あの子と同じような子どもたちを救いたいんです……」

息子よ、今回母さんは勇敢だったでしょ。母さんは泣かなかったよ。おまえは見ていてくれたかい？

最後の審判の前に

二〇一〇

この人たちにとって最後の審判の日とはこういうことだろう。生涯住んできた土地がわけのわからないうちに強制収用されてしまう。拳を振り上げたところでむなしく吠えることしかできない。土地の上の建物は廃土と化し、農作物は軽く扱われるばかりだ。近づく最後の審判には絶望しかないが、これがまさにそれなのだ。怪物の腕のような重機が通り過ぎたところは、実っていた作物があっけなく押しつぶされ、二度と起き上がれない。田畑はひと削りふた削りと持っていかれる。当初、民衆と苦楽を共にするといっていた人間はどこに行ったんだ。がまんできずに叫びだす農民もいれば、跪いて頼み込む農民もいる。ほかにもいたしかたなく焼香して田畑や天に祈りを捧げる農民もいる。起義(チーイー)はその日の早朝、インターネットで、大埔(たいほ)の農地が強制的に収用されるというニュースを知ったのだが、テレビのニュース番組にチャンネルを回してもそのことは一切放送されなかった。

その映像は二日ほど経ってようやくテレビで伝えられた。彼には状況の推移がこんなにも速いとは思わなかった。党本部は、どのように動けば、最小の抵抗で選挙のエネルギーに変えることができるかを考えていたが、六月九日の午前三時過ぎに、警察当局は怪物のような重機を従えて侵入し破壊を始めたのである。まるでどこかの子どものひどい落書きのように、青々とした水田にはたくさんの褐色の模様がでたらめに引かれ、ニュースの画面では女性が泣きながら訴えている。起義は自分の母親も農業で一家を養っていたことを思い出し、党本部の動きが遅すぎることを咎めたい気持ちになったのだった。

多くの人にとって、安定した生活と心のよりどころを得ることこそが重要なのだ。自分の故郷、そして自分の土地、そこに生まれ、そしてそこに骨をうずめる。社会という余計なゲームのルールを理解する必要もない。天の理に従い、身を固めきちんと仕事に勤しめばそれでよいのだ。けれども大きな怪物の腕が空から降ってきたら、それを防ぎ止めるすべはない。財閥と県政府は、幅広く企業誘致をするということを口実に、土地を区分して収用を進めようとした。ある者は相手のゲームのルールに従い、ある者はどうやってこのゲームの難題を解こうかと試みるものの、結局は失敗に終わりにっちもさっちもいかなくなってしまう。住居も農地もすべて紙に描かれた未来の繁栄予想図になり果てるのだ。起義はもちろん理解していた。どんな時代のどんな党派であっても、おそらく最後には他者を犠牲にすることで自分の目指す理想の国を作り上げようという人間が出てくるものなのだ。だいじょうぶ、だいじょうぶ、だいじょうぶだ。いずれにせよ自分とは関係のないことはすべてだいじょうぶだ。起義はそれを理解していないわけではない。けれども血液は常に煮えたぎり、不公正な出来事に出くわすたびに身を挺して立ち向かい、時には前のめりになることもあり、しょっちゅう党本部のなかの悩ましい存在になっていた。

土地の買収は簡単なことだ。線を引っ張って、囲い込んだところに人を派遣して説得する。説得が成功すれば急いで契約するが、説得が不首尾に終われば言葉による恫喝だ。硬軟織り交ぜたやり方で、相手を愚弄して意気消沈させるのである。一坪あたり補助はいくらか、農地何坪は建設用地何坪に換えられるか、補助金を受け取らないなら強制収用で、そのときには条件はもっと悪くなっている……この農民たちには法律の知識はないし、問題が迫ったときには、水害に遭ったアリの群れのように慌てふためいて逃げ惑うばかり。でもどこに逃げられるというのだ。家はやはり彼らのよりどころである。長年苦労して貯めた蓄えで三世代が共に暮らせる家を建てたのに安く見積もられ、毎月提供される八千元の家賃で一家二十数人にどこに住めというのか。こういう問題は、上層部の人間にはわからない。彼らはただ急いで障害物をきれいに片づけ、理想の国を作りたいだけなのだ。理想の国にはハイテクの工場があり、快適な作業環境があり、コンピューター化された運営がなされる。電力の供給が足りるかどうかとか、水源はじゅうぶんかどうかなどは、いま心配する必要はない。いずれにせよ、まずは理想の国の全体像を見せて、うわっつらの政治的成果を出すことこそがもっとも重要なことなのだ。ましてや農業は地方にいくらも利益をもたらすことはできないだろう。カネこそがすべてなのだ。

画面のなかの女性は泣き叫んでいた。起義はまるで母親を見ているようだった。もしも自分たちがこのようなことになったら、どうするべきなのだろうか。たとえ自分に党本部の力があっても、兄の平和(ピンホー)が弁護士という立場であったとしても、おそらく妥協を余儀なくされるだろう。彼らであればなおさらのことだ。長年の陳情の怒りの炎は、最後には「公益」の名のもとに水をかけられて消されてしまう。ゲームのルールはあの連中が作ったもので、プレイヤーが審判を兼ねているのだから、このような結末になるのである。いわゆる「公益」とは、あの連中の公益に符合しているにすぎず、住民のものではない。農民はテーブルの上の汚い埃のように軽々と拭き取られ、テーブルには空きができるので、そこにおいしそうなケーキが並べられるというわけだ。

起義は勤めていた新聞社の同僚の豪哥(ハオコー)に電話をかけた。「この事件はどうして一日経ってやっと報道されたんだ？　六月九日にはもう……」

「起義、いまの報道の環境は昔とは違うんだ。取材したいと思っても、上の連中が取材させてくれるとは限らない。あんたの眼から見て、このニュースは追跡する必要性があるかい？　開発関係のネタはまだいくつもあるがすべてなしのつぶてだ。その一つひとつをぜんぶ追いかけていたらどれだけの人の恨みを買うことになると思う？　おとなしくしていたほうがいい。悪く言えば、これはネットで拡散され、多くの民衆の同情を引き起こしたから、ニュースで報道されたのさ。でなけりゃとっくに他の農地と同じことになっているさ」

「デベロッパーも県政府もどちらも強引にやるだろうか？」

「俺がどんな内幕を暴き出したところで同じことだよ。上の連中は採用しないだろう。フリーの記者になるわけにもいかないからな。俺は言われたとおりにやるしかないんだ。あんたもよく見ておくといい。このニュースを掘り下げようなんて誰も思わないだろう。誰かが赤い服を着て畑で自殺を図り、しかも県長とデベロッパーの一族を呪う言葉を残し、怪奇現象によって工事が延期になったら、報道されるかもしれないな。それなら話題性があるからさ」

「豪哥、あんたまで変わってしまったなんて」

「起義、それはあんたの退職が早かったからさ。そうでなけりゃ、あんたも遅かれ早かれこうなってたよ」

「少なくとも昔馴染みの俺のことを考えて、いくらか内幕を暴くスクープで強制収用の手を緩めさせ、農民たちに突発事態に対処したり手段を考えるための時間をやれないだろうか」

「百軒以上だったのがもう三十軒しか残っていないんだ。九〇パーセント以上の住民は同意している。これはもう取り返しのつかないことなんだよ。どうしたってこれはやらなければならないんだ。彼らは無駄な抵抗をしてるだけなんだ。わかるかい？　あんたも長年記者をやってきたんだ、理不尽な事件なんてたくさん見てきただろう？　俺に言わせるなよ」

「ほんとうにもう打つ手はないのか？」

「神様に聞いてみろよ。俺に聞いたってだめだよ」

電話を切ると、起義は昔観たでたらめなテレビ番組で、マヤの予言では二〇一二年十二月二十一日に人類の文明が終わるというのを思い出した。けれども多くの人々にとっての最後の日は、農地の収用によって到来が早まったのだった。ほんとうの最後の審判の日はもしかすると永遠に訪れないかもしれない。しかし歴史はコピーのように、「公益」の名目さえあれば、きょうはこの人たちの土地が、あしたにはあの人たちの土地に入れ換わってしまうのだ。そして大小さまざまな理想の国が、その完成を待ち続けるのである。

二〇一一

二〇一二年のマヤの予言による最後の審判にたどりつく前に、最後の日はほんとうに降臨したかのようだった。

人々は自分を追い込んで、最後の審判という予言によって自分を恐怖の中に閉じ込め続けたのである。これは、ミレニアムの年の七月に恐怖の大王がやってくるという予言があったのに、今に至って滅亡もしていない、そんな出し物のようなものだ。しかし人々を恐れさせたのは死ではない。死は、結局のところ一瞬のことに過ぎないのだ。平和は、二〇〇〇年の新聞に掲載された「西暦一万年」という小説を思い出した。作者が誰なのかはよく覚えてないが、ぼんやりと覚えているのは、物語は時間が進むにしたがって、全人口における知能障害の割合がどんどん高くなり、西暦五千年後になると、人々は、後世に伝承していくために、文字を簡略化してしまう。西暦一万年になって、文字を読める最後の一人が、前の時代の幻想生物のように亡くなると、この世界の知能指数の平均は四十以下になり、もはや文字を読むことができる人間はいなくなってしまう。まるで一万年前の非文字時代に戻ってしまったかのように、地球上の生物はすべておとなしく静かになる。しかしさらに一万年経つと、世界の各地に知能指数四十を超える人類が再び現れるのである。

平和には新しい家庭ができた。家は変わらず鼓山(こざん)の旧宅だが、家族が入れ替われば新しい家という感じになるものだ。旧宅の壁には母親の若いころの写真が貼られている。葬式の時の写真と同じものだが、それは母親の求めに応じたものだった。弔問に訪れた人たちは、どうしてこんな誰だかわからないような写真を置いているのかと不思議に思ったかもしれない。起義も反対しなかったので、兄弟でこうすることにしたのだった。母親は、最後の審判の日がほんとうに二〇一二年にやってくるのかどうか見届ける機会のないまま、逝ってしまった。女性書記官は母親が亡くなった時にも手伝いに来てくれた。互いに老後のつれあいを求めていたにすぎないので、二人の関係は安定していた。女性書記官の息子と娘は二人とも母親の再婚に賛成していた。息子は遠く日本の仙台で交換留学生をしており、娘はオランダに留学して美術館の研究をしていた。平和には弟の起義がいたが、起義は兄がこの歳になってようやく決心したと聞くや、急いで一席設けて未来の兄嫁を招くことにした。哲浩は台北で教職についていたので、兄夫婦と弟夫婦の四人でにぎやかな家族となった。平和と起義は、家族でにぎやかに食事をするなんてずいぶん久しぶりだなと思った。その日起義は兄のことを喜び、酒を飲みすぎるやすぐにあれこれと話し出した。「俺のこの兄貴はね、一生をこの家とこの社会のために、どれだけの時間と精力を費やしたかわからない。自分のためなんかじゃ全然ないんだ。兄貴、俺は恥ずかしいよ。まず俺が一杯飲み干すよ」

起義は平和と乾杯するとまた言った。「兄貴の一生にはただ一人の女しかいないんだ。義姉さん、誰だかわかるかい?」

平和がさえぎって言う。「起義、飲みすぎだよ。そんなでたらめな話をするんじゃない」

「その女っていうのはお袋のことだよ。兄貴はお袋をずっと面倒見てきたんだ。俺は小さいころに家から逃げ出しておばのところに行ってしまったし、親父は植物人間と変わらないような状態だった。小さいころから家のことは兄貴が一人で支えてきたんだ。とくに俺が刑務所に入っていた数年間は、俺の家の面倒まで見てくれた。一人で二つの家庭を養ってたんだ。偉いだろう? 兄貴、もう一杯飲んでくれよ」

平和は飲み終わると諌めるように言った。「楽しいならそれでいいよ。ただそんなに酔うほど飲んじゃだめだ」

「酔ってなんかいるもんか。俺は兄貴が幸せそうなのを見ているだけで嬉しくなるんだ。兄貴は迷惑をかけることを心配して、最初から女性とデートしたり付き合ったりする勇気がなかったんだ。だけど義姉さん、いい人間には果報が届くってことだよ。人が何をしているか神様はちゃんと見てるんだよな。義姉さんそうでしょう。奥さんをもらって、子どももう準備オーケーだ。これからは直接親孝行してくれる人がいる。もしかしたら息子と娘はすぐにでも結婚して子どもを産むかもしれない。そしたら兄貴はおじいちゃんだなあ。それに引き換え俺は……」起義の妻は慌ててその場を丸く収めるように言った。「あなたそんな子どもみたいに酔っぱらったらだめよ。お義兄さんの立場も少しは考えたらどうなの。いいかげんな話をして。お義兄さん、すみません。お義姉さん、冗談だと思って笑ってくださいね」

女性書記官は笑って首を横に振り、平和が言った。「起義、月娥(ユエオー)、世話になってしまった。ありがとうな。明日二人で婚姻届を出しに行くだけなのに、わざわざこんなにたくさん準備してくれて」

「兄貴、何言ってるんだ、当たり前のことだよ」起義は平和を抱きしめた。

「わかったよ、おまえ酔ってるから早く休めよ。月娥も一日じゅう大変だったろう。早めに休んでくれよな」

「ほんとうに手伝わなくていいんですか？」美雲（メイユン）が立ち上がって言う。

「美雲義姉さん、これからはお互いに手伝う機会はたくさんあるわ。二人とも早く帰って休んでください。明日の午後には婚姻届を出しに行かなきゃならないんだから。お義兄さんのこと、よろしく頼みますね」

起義の家を出ると、平和は美雲の手を引いて、しばらく歩いた。夜風はゆっくりと吹いて、二人はまるで若い時から髪が白くなるまでずっと一緒に過ごしてきたかのようだった。平和は、もしも二〇一二年がほんとうに世界の終わりだとしたら、自分たちにはまだ一年間大切にできる時間があるんだと思った。彼と同じようにだんだん老いていく家を最後まで一緒に見届けることができる。二人はひかえめに結婚届を提出し、何人かの親しい友人それぞれと食事をしてお祝いに替えただけで、大々的に宣伝するようなこともしなかった。二人とももういい歳なのだから、結婚するかしないかはそれほど重要ではなく、しっかりと暮らせて、しっかりと食べ、よく眠ることができればそれがいちばんだと感じていた。

世界の終わりが予定よりも早く襲ったのは、台湾ではなく、遠く日本でのことだった。ニュースの放送が強烈だったのは、地震によって津波が発生したからだ。すべてのニュースキャスターはパニックに陥ったような口調で、まるで自分自身が被災したかのようだった。けれども災害は遠方で起きたのだ。平和と美雲は、再放送のように襲い掛かり上陸する様子が何度も繰り返される津波の画面を見つめていた。巨大な怪物が大きな口を開けて陸のすべてを呑みこむかのようだった。平和は、宮崎駿の映画『崖の上のポニョ』で、巨大な波が狂ったように大地を呑みこみ、人類の領地に徐々に迫ってくるシーンを思い出した。空撮の画面が、一つの都市が破壊される瞬間を伝えると、彼は自分の住んでいる街も、脱ぎ去ることのできない古い服みたいな悪夢のように、なんども濁流に襲われてきたことを思い出していた。

「阿坡（アーポー）は日本で無事だろうか？」それは美雲の息子で、今では彼の息子でもある。

「電話で話したけど、だいじょうぶだって。だけど日本の報道によると、仙台から百キロ余りのところにある福島原発が津波の影響を受けたようで、いまどうなってるかわからないそうよ」

「あの子には台湾に帰る手だてがあるだろうか？」

「仙台空港は浸水してしまって、新幹線も地震の影響を受けているから、東北地方の交通がほとんど麻痺しているみたい。あの子は同級生ともう車で出発したそうよ。東京まで行ってそれから飛行機に乗って台湾に帰ってくるつもりらしいわ」

「仙台のいまの状況は深刻なんだろうか？」

「いまは停電していて、天気の方もじめじめとした寒さのようね。荷物をまとめて、たぶん夜には出発するんじゃないかしら……」彼らの新婚の喜びはたった数日間で、すぐに別の出来事のなかに巻き込まれてしまった。平和は思わずにはいられなかった。自分には幸せは似つかわしくないということなのだろうか。それとも他人に不幸をもたらすような体質なのだろうか。

「……外務省の人に連絡してみようか……それとも仙台……そういえばあっちに日本で働いている弁護士の陳なんとかさんがいたような気がする……彼に頼んでみるのがいいかな……」

「慌てないでちょうだい。息子はいまは無事なのよ。避難するルートもちゃんと考えているみたいだし。いまは静かに待つことね」

「ああ、どうしてこんなことになるんだ！」平和は美雲と日本の東北地方に旅行に行こうと話したばかりだった。ついでに美雲の息子阿坡と会うつもりだったのだ。計画の途中でこの大事件が起きてしまった。平和は、もしかすると最後の審判の日はほんとうに近づいているのかもしれないと思った。人間はあまりにも科学に頼りすぎているし、自分が全能であると信じ込んでいる。なのに巨人の足に軽く踏みしめられただけでもう耐えられない。そのせいで水が大地を呑みこみ、安全な鉄の殻に包まれた核エネルギーの種を目覚めさせてしまった。種は発芽し根を伸ばし、殻から外へと逃げ出して、天にそびえる怪物のような樹木に育った。核エネルギーの種はあちこちに拡散し、それに触ると全身を焼かれてしまうので、人々は四方に逃げていくしかない。

その後の数日間のニュースも、種が拡散していくように人々の身に降りかかった。阿坡は毎日三度の食事に合わせて避難している場所と、ようやく東京にたどり着いたことを伝えてきた。核の危機が大きな恐慌を引き起こし、空港は避難する人でごった返していた。後に、阿坡の同級生の先輩の友人が、ある高官の子弟ということでその関係を通して、仙台から避難してきた学生を専用機で迎えに行ってもらうよう政府に求めたらしい。だが阿坡が飛行機に乗るまではずっと、彼と美雲は不安でたまらなかった。特に平和は、いつも考えすぎるところがあるので、また意外な遅延などがないかと心配したのだった。

世界の終わりの前の一家団欒こそ、彼のささやかな望みだったのだ。

二〇一二

平和は父親の手記の影印版を公開することにした。このことで、起義とはしばらくの間揉めていた。起義はもう少し待った方がいいと考えていたのだ。平和は訊ねた。「お袋はもういないんだ。おまえがずっとしきりに主張してきたことは、公理や正義のためだったのに、まさか親父の告白でおまえの政治的立場がなくなってしまうことを恐れているなんてことはないだろう?」

起義は押し黙っていた。兄は彼の心配を言い当てていたのだ。

「それは……」彼はまだあがいていた。

「アメリカ産牛肉のラクトパミンや第四原子力発電所の問題については、おまえは政府が民衆の知る権利を欺いているとか、人々の価値観を混乱させようとしていると考えているんだろう。だから繰り返し抗議活動を行って、真相を明らかにしようとしてきたんじゃないか。歴史を解釈できる立場にいるというのに、どうしておまえはそんなふうに変わってしまうんだ。なにを恐れてるんだ?」

「俺は……俺はいまはまだその時じゃないと思うんだ。あと何年か経ってからのほうが」

「ラクトパミンが合法的に輸入されるようになるまで、第四原発が完成するまで、天下が太平になるまで待つというのか？　親父の手記には当時の状況が克明に書かれているから、この汚名は俺たちにもついてくるかもしれない。だけど多くの人々は歴史の真相が明かされることを待っているんだ」

「もうずいぶん昔のことなんだよ……世間に出回っている資料が真相のすべてなんじゃないか。兄貴はこれが真実だと信じてるのか？　親父はずいぶん長い間頭がおかしくなっていたというのに、書いたものは信じられるのか？　これは親父のただの妄言にすぎないかもしれない。あるいは一時興に乗って書いた小説かもしれないよ。兄貴はこの手記を公開して、書いてあることは本当らしいと言うかもしれないけれど、これはまったく真実だと証明されてもいないじゃないか」

「おまえがそんなことを言うなんて思いもよらなかったよ。おまえには失望したよ」原稿を読むようにと起義に手渡してから、起義はわざと返そうとはしなかった。平和だって恐怖を克服するものだから、起義にもそれに向き合ってもらいたかった。けれども、起義の背負い込んでいるものは大きすぎるので、さらに重荷が一つ増えたところで気にもしないだろう。昔のように暮らしていければそれでよいと思っているのだ。平和は自問した。手記の公開は本当に自分の望んだことなのだろうか。もしかするとただ弟の前でいい格好をしようとしているにすぎないのではないか。なぜなら彼には弟の性格がわかっていたからだ。家族が歴史の罪を着せられるようなことに、弟はたやすく妥協などするはずはない。それなら、自分は弟とのいさかいを通して、内心の罪悪感をなくすことができるというのだろうか。

一方で、起義はかたくなに秘密を守り続けることにした。父親が絶対に口にはしなかったように、母親がそれをなかったことにしていたように。これまでと同じように日々は過ぎていき、真相は時間という土埃の下に覆い隠される。深く埋められてしまうかもしれないし、また掘り返されることがあるかもしれない。けれどもそれはずいぶん先のことになるだろう。

起義は母や父をこんなにも近くに感じたことはなかった。この秘密を守るということによって、彼はほんとうにこの家に帰ってくることができたのである。

著者あとがき

徐嘉澤（じょかたく）

父の名前は、平和という。

小さい頃は、どうして和平と言わず、中国語をひっくり返して読むのかわからなかった。

大きくなると、家族のエピソードが耳に入るようになり、祖父は台湾の新聞社に勤めていた日本人だと知った。戦後、多くの日本人は軍艦に乗って帰国してしまい、その後の消息はわからない。祖父の乗った軍艦は沈没してしまったという噂もあった。真相がどうだったかについて、祖母はずっとかたくなに口を閉ざし、少しの手がかりすら漏らさず、祖父の名前すら明かさなかったので、なに一つわからなかった。家族みんなで祖母の口から、祖父に関することの片鱗を聞き出そうとしたが、祖母はそのたびに忘れたと答えるだけだった。

祖母が亡くなってしまうと、父は、ほんとうに父親のわからない人間になってしまったのだ。

血液のなかの遺伝子の仕業か、父親には台湾で日本語を学んだ時期があったし、僕自身も六年前、大阪の語学学校へ留学に行くことになった。日本でのあの一年間というもの、街を歩くたびに、通りすがりの老人をなにげなく目で追ってしまったものだ。彼らの顔に父の面影があるのではと、注意深く眺めていたのである。

その後、平和とは中国語の和平のことだと知った。この名前はきっと、まもなく日本に帰ろうとする祖父が、息子が生きていく時代が戦争のない平穏な時代になることを願って、父に贈った最後のプレゼントだったのだろう。この小説のなかの登場人物も同じように、祖父母の世代は戦争に苦しみ、その後の父や孫の世代は自由と民主の時代を生きている。僕は父親の姿を、小説の中の新聞社に勤める起義と人権派弁護士の平和の二人に投影した。子供もおらずいずれ血脈が絶えてしまうであろう僕と父が、この小説の中では永遠に生きられるようにと望んだのである。

この小説が日本語に翻訳されたことを、長年僕に連れ添ってくれた鍵田忠俊君、大阪に住んでいたころしょっちゅう家に行っては共に語り明かした政岡真吾君、週末になるたびに通っていたなんば駅近くの雑魚坐六尺褌バーのマスター、そして日本の友人たちみんなが、僕のために喜んでくれることを願っている。

再会を心待ちにしながら。

訳者あとがき

三須祐介

十年ほど前、二〇〇九年の夏休み、台湾出張の短い時間を惜しむように、帰国日の朝とび込んだ重慶南路沿いの三民書局で、新作の小説が並ぶ棚を眺めていて、ふと目に留まったのが、『窺』（基本書坊、二〇〇九年）だった。それは、同性愛者を描いた短編集で、たった三時間ほどの帰りのフライトでむさぼるように読み終えたのをいまでもよく憶えている。それが徐嘉澤の小説との出会いだった。単なるポルノグラフィーやファンタジーではなく、そこには現実に生活しているセクシュアル・マイノリティの姿と等身大の感情がちりばめられていたのである。

ほんらい政治的な含意を持った「同志」にセクシュアル・マイノリティという新義が与えられるようになった九〇年代、その名を冠した文学ジャンルは台湾や香港をはじめとした中国語圏で流通し始めるが、台湾の文壇ではいまや一定の存在感を放ち、台湾文学研究の重要なテーマの一つとなっている。一九六〇年代、欧米のモダニズム文学の紹介や同人の実験的な小説を掲載した雑誌『現代文学』の中心的メンバーだった白先勇が、台湾における「同志文学」の一つの起源と目されている。そこから、台湾の民主化のプロセスのなかにあった九〇年代、すなわち「同志文学」のハイライトともいえる時期に描かれてきたのは、マジョリティに抑圧されるか他者化されるセクシュアル・マイノリティの主体性が多かったといえる。一九八七年の戒厳令解除以降、社会運動とりわけフェミニズム運動とともに活発化するセクシュアル・マイノリティの運動のなかで「同志」主体が可視化されていったことの反映ともいえるが、まさに抵抗するべき社会体制の存在があったこともその背景として無視できない事実だろう。社会運動や民主化を追求してきた野党・民進党がはじめての政権交代を実現した二〇〇〇年以降は、「同志文学」はより多様化、あるいは普遍化してきているといえる。

さて、「同志文学」の研究者であり、作家でもある紀大偉（きだいい）は、同性愛者を尋問する「異性愛者」の警官の不安定なセクシュアリティを描いた中国映画『東宮西宮』（張元監督、一九九四）の登場人物「小史」を引き合いに、「同志」たちの群像を描いたこの小説集『窺』を「セクシュアル・マイノリティの小さな歴史」を「覗きみる」ことができる作品であると評した。確かに、民主化したとはいえ永遠に少数派としてしか生きられない者にとって、「同志」たちのささやかな喜怒哀楽を紡ぐことは、マジョリティの大きな歴史の荒波のなかで見失ってしまう航路を照らす月の光のようなものかもしれない。だれにとっても小説の中に人生を見出すことは、なかんずくマイノリティにとっては、なにものにも代えがたい生きる力となるだろう。

＊

徐嘉澤は、一九七七年に高雄に生まれた。国立高雄師範大学で特殊教育学を学び、その後国立屏東師範学院（現国立屏東大学）の大学院を修了、現在は高雄特殊教育学校で教鞭を執りながら、作家活動を行っている。二〇〇八年「三人餐卓(三人の食卓)」で第二八回時報文学賞短編小説賞一等賞、同年「有鬼」で聯合報文学賞散文部門一等賞、二〇一一年『詐騙家族』で九歌二百万長編小説コンテスト審査員賞、二〇一二年『討債株式会社(債権回収株式会社)』でBenQ華文電影小説一等賞などを受賞。上述したデビュー作『窺』からまだ十年余であるが、すでにエッセイ集や短編小説集を含む作品を多数刊行しており、多作の作家といえよう。

徐嘉澤は、デビュー作のみならず、セクシュアル・マイノリティとりわけゲイの姿をよく描くことから、「同志文学」作家という枠組みで語られることが多い。一方、その筆致は実験的ではないが、ストーリーテリングに長け、より大衆小説的なアプローチで、同性愛だけではなく、詐欺犯罪などにも踏み込んだ社会小説的な作品も手掛けている。

そして、通奏低音のように彼の多くの作品に響いているのは、「高雄(あるいは「南部」)」と「父親(あるいは「家族」)」である。

本作品『次の夜明けに(下一個天亮)』(大塊、二〇一二)でも、冒頭こそ台北で起こった二二八事件にまつわる家族のエピソードから語り起こしながら、その後高雄へと生活の拠点が移った一家三世代の物語は、高雄を中心とした南部の現代史にときに巻き込まれ、ときに対峙しながら紡がれていく(哲浩は父親の影から逃れるように台北に向かうが、恋人の傑森と結ばれるのも、和解するのも南部であることに注意したい)。美麗島事件(一九七九年)、美濃の反ダム建設運動(一九九二年~:小説では一九九九年頃の状況を描写)、葉永鋕少年(少年Y)

死亡事件（二〇〇〇年）、七一一水害（二〇〇一年）、高雄地下鉄工事に関わるタイ人労働者暴動事件（二〇〇五年）、高雄の第一回LGBTパレード（二〇一〇年）。そのどれもが南部で実際に起こった現実の出来事であり、しかもそれらの事件や運動は、ローカルで限定的な問題にとどまってはいない。日本の植民地期から国民党政府の圧政を経て、民主化を実現した台湾が、現在進行形で向き合わなければならない問題と重なり合っているのである。さらにいえば、彼の作品からは、「南部」という文脈で、台湾（史）そのものを再構築し、台北を中心とした視点を相対化しようという野心すら窺える。徐嘉澤は郷土に対する愛情を隠さない。それはロマンティックであるが、過度に感傷的なわけでもない。地に足をつけた現実の人生こそが、彼にとっての高雄であり南部なのだろう。

そしてもう一つの通奏低音が「父親」である。著者があとがきでも書いているが、著者と父親、そして父親の父親つまり祖父の三世代をつなぐ不思議な関係は、エッセイ「無父之父（父親のいない父親）」（『門内的父親』収録）にも描かれている。作品のなかに容易に見つけ出せる主人公と父親との複雑な関係と感情はまさに徐嘉澤ならではの作風といってもよいだろう。本作品でも、父の不在、父との衝突と和解は、物語の重要な要素になっている。起義や平和にとって父親は、生きてはいるが廃人同然の存在であり、起義の息子・哲浩にとって父親は、社会運動にのめり込み家庭を顧みず不在も同然である。しかし本作品における起義と平和の沈黙の父親は、無関心ではいられないような存在感を放つし、哲浩は、好きになる相手のなかに、なぜか父親の面影を追ってしまうのである。哲浩のなかにあるセクシュアリティに父親の存在がどれほど関わっているかは定かではないが、「愛憎相半ばする」というような単純な形容では捉えきれない、揺らめいてぼんやりと昏く光るようなあいまいな情念が流れているといえないだろうか。

徐嘉澤にとって、「父親」を語ることは「家族」を語ることでもある。三世代の家族のそれぞれの視点から、少しずつ違う風景を描き出しつつ、ジグソーパズルのように組み立てていく手法は、たとえば『秘河』（大塊、二〇一三）でもとられている。『秘河』においても、日本時代を生きた祖母、その祖母と日本の軍人の間に生まれた父、同性愛者であることをカミングアウトする息子が描かれ、台湾の歴史をなぞる家族の物語になっている。『秘河』のゲイの息子もそうだが、興味深いのは、自分が同性愛者であることに対する否定の感情が強調されず、成長の過程でそれを乗り越えていき、家族へのカミングアウトへと繋がっている点である。『次の夜明けに』では、リベラルな社会運動家であるにもかかわらずホモフォビックな父親に対する哲浩の嫌悪、そしてその後の和解は、「家族」の再生を示しているだろう。和解には、傑森の存在も重要であり、起義のもう一人の息子として、新たなクィア・ファミリーの可能性をも示唆している。物語にも登場する高雄LGBTパレードは、二〇〇三年に始まった台北のパレードから遅れること七年、二〇一〇年に第一回を迎えた。「無声映画」の章に出てくる少年Y（葉永鋕）の母親も実際にこのイベントに参加してスピーチをおこなっている。そして二〇一九年にはようやく同性婚が合法化されたが、哲浩と傑森の二人の関係は、まるでこのような歴史のプロセスを予告していたかのようだ。

＊

ここで扉の詩について少し触れよう。これは、戦後台湾を代表する詩人・楊牧（一九四〇―二〇二〇）が一九八四年に書いた「だれかが公理と正義の問題についてわたしにたずねる」（詩集『有人』、一九八六、所収）という長詩の最後の三行である。本作品にも登場する一九七九年の高雄美麗島事件の後、国民党政権への抵抗としていわゆる「台湾意識」が醸成されていくが、楊牧もそれに呼応するように詩劇『呉鳳』などを創作した。比較文学者の曽珍珍によれば、そのような時局の変化のなかで、外省人の父と貧しい本省人の母のもとに生まれた外省人第二世代の若者を主人公に、板ばさみの状態のアイデンティティを表現したものだという。

本作品においては、外省人は具体的なキャラクターとしては登場せず、概念としてしか登場しない。しかし、イデオロギーから疎外され周縁化する個としての存在を、詩（文学）によって救済し癒すことが楊牧の意図であるとすれば、徐嘉澤がこの詩を選んだことも頷けよう。

＊

『次の夜明けに』というタイトルは、原題の『下一個天亮』をほぼ直訳したものだが、正直に言えば、「夜明けへ」にするか「夜明けに」にするかでかなり迷うことになった。「夜明けへ」

とすれば、新たな未来へと積極的に向かっていく、肯定的な力強さを表現することができる。一方「夜明けに」は、明日へと向かっていく方向性はあるもののやや静態的で不確実性も孕んでいる。しかし、平和と起義の、父親の残した手記をめぐる対応の不一致や、哲浩と傑森の関係の不確実性は、夜が明ければなにもかもが解決するというういわゆるご都合主義とは距離がある。夜明けを待って次になにをするべきなのか、その次の行動を問うているのではないか。台湾は表面的には民主化が完了したように見えるが、真にリベラルな社会とは、そうあり続けようとする不断のプロセスそのものなのではないだろうか。そう考えると、「次の夜明けにどんな行動をとるべきなのか」つねに自分じしんに問い続ける意味で『次の夜明けに』とすることにした。これは台湾の物語であるが、台湾という枠組みを超えた物語でもある。どんな場所に住んでいたとしても、日々ニュースに接してさえいれば、この作品に登場するような人物や事件に出会うはずである。あるいは、あなたじしんが登場人物なのかもしれないのだ。

本書は、故天野健太郎氏が翻訳を担当する予定で準備を進められていたが、病に斃れ、心残りのまま旅立たれてしまった。台湾文学翻訳者として綺羅星のように現れ、精力的に仕事をされた天野氏は、一読者でありまた翻訳者でもある筆者にとっては敬愛の対象であり、羨望の的であった。そんな自分が縁あって、この仕事を引き継ぐことになったが、ようやく翻訳を終え、その責はいくらか果たせたのではないかと思っている。

翻訳にあたっては、まずは細かなニュアンスの確認の問い合わせに倦まず対応してくれた徐嘉澤氏、そして作家との連絡の労をとってくれた友人で大塊出版社の担当編集者・林盈志氏に感謝したい。また、とくに台湾語や台湾における中国語の独特な表現については、同志社大学の唐顥芸氏、そして張文菁氏に、客家語については葉仁焜氏に懇切なご教示を賜った。ここに記して感謝申し上げる。また、翻訳作業を最後まで叱咤激励しながら見守り、的確な校正をしていただいた書肆侃侃房の田島安江氏と池田雪氏にもお礼を申し上げたい。

最後に、本書の刊行にあたっては、国立台湾文学館の助成を受けた。

【参考文献】

林水福・是永駿編『シリーズ台湾現代詩Ⅲ　楊牧・余光中・鄭愁予・白萩』国書刊行会、二〇〇四
呉密察監修、遠流台湾館編、横澤泰夫訳『台湾史小事典』第三版、中国書店、二〇一六
紀大偉『同志文学史：台湾的発明』聯経出版、二〇一七
邱怡瑄主編『以進大同：台北同志生活誌』台湾文学発展基金会、二〇一七
曽珍珍「楊牧『有人問我公理和正義的問題』賞讀」
趨勢教育基金会ウェブサイト　https://www.trend.org/column/artical/63

■著者プロフィール

徐嘉澤（じょ・かたく／Hsu Chiatse）

1977年、台湾高雄生まれ。国立高雄師範大学卒業、国立屏東師範学院大学院修了。現在、高雄特殊教育学校で教鞭を執りながら、作家活動を行っている。

時報文学賞短編小説部門一等賞、聯合報文学賞散文部門一等賞、九歌二百万長編小説コンテスト審査員賞、BenQ華文電影小説一等賞などを受賞。高雄文学創作補助、国家文化芸術基金会補助などの助成を受けた。著書に散文集『門内的父親』（九歌出版、2009）、小説作品に『詐騙家族』（九歌出版、2011）、『窺』（基本書坊、2009／2013［新版］）、『不熄燈的房』（寶瓶文化、2010）、『孫行者、你行不行？』（九歌出版、2012）、『下一個天亮』（大塊、2012）、『討債株式会社』（遠流、2012）、『秘河』（大塊、2013）、『第三者』（九歌出版、2014）、『鬼計』（大塊、2016）など。

■訳者プロフィール

三須祐介（みす・ゆうすけ）

1970年生まれ。立命館大学文学部教員。専門は近現代中国演劇・文学。翻訳に棉棉『上海キャンディ』（徳間書店、2002）、胡淑雯『太陽の血は黒い』（あるむ、2015）、論文に「林懐民「逝者」論：「同志文学史」の可能性と不可能性をめぐって」（『ことばとそのひろがり』6、2018）、「『秋海棠』から『紅伶涙』へ：近現代中国文芸作品における男旦と“男性性”をめぐって」（『立命館文学』667、2020）など。

現代台湾文学選 1

次の夜明けに　下一個天亮

2020 年 9 月 17 日　第 1 版第 1 刷発行

著　者　徐嘉澤
翻訳者　三須祐介
発行者　田島安江
発行所　株式会社 書肆侃侃房（しょしかんかんぼう）
〒 810-0041 福岡市中央区大名 2-8-18-501
TEL 092-735-2802　FAX 092-735-2792
http://www.kankanbou.com
info@kankanbou.com

編　集　田島安江／池田雪
ＤＴＰ　黒木留実
印刷・製本　モリモト印刷株式会社

日本音楽著作権協会（出）許諾第 2005502-001 号

ISBN978-4-86385-416-1 C0097